Wendy Mass

Voyagers

Das siebte Element

WENDY MASS

DAS SIEBTE ELEMENT

Aus dem amerikanischen Englisch von
Bettina Obrecht

 Dieses Buch ist auch als E-Book erhältlich.

Für Chloe und Griffin –
falls ihr jemals in den Weltraum fliegen würdet,
dann würdet ihr mir fehlen.

MIX
Papier aus verantwor-
tungsvollen Quellen
FSC® C014496

Verlagsgruppe Random House FSC® N001967

1. Auflage 2017
© 2017 cbj Kinder- und Jugendbuchverlag
in der Verlagsgruppe Random House GmbH
Neumarkter Str. 28, 81673 München
Alle deutschsprachigen Rechte vorbehalten
Text © 2016 PC Studios Inc.
Die amerikanische Originalausgabe erschien 2016 unter dem Titel:
»Voyagers – The Seventh Element«
bei Random House Children's Books, Penguin Random House LLC, New York
Übersetzung: Bettina Obrecht
Umschlagkonzeption: init Kommunikationsdesign, Bad Oeynhausen
unter Verwendung eines Originalmotivs © Random House Children's Books,
New York. Hintergrundbild: © Thinkstock (Pitris, Sylphe_7, junak, trendobjects)
CK · Herstellung: UK
Satz: Uhl + Massopust, Aalen
Druck: GGP Media GmbH, Pößneck
ISBN 978-3-570-17318-3
Printed in Germany

www.cbj-verlag.de

An Bord des Raumtransporters der Light Blade, der Clipper, schrien alle Mitglieder des Omega-Teams gleichzeitig los und zerrten an ihren Sitzgurten.

»Wo ist sie? Wo ist Piper??«

»Nein!«

»Wie konnte uns das passieren?«

Siena hielt es nicht mehr aus. Sie schüttelte sich vor Schluchzen und Tränen strömten ihr übers Gesicht.

Niko neben ihr begann sich in seinem Sitz hin und her zu wiegen, schneller und immer schneller. Seine Gedanken flogen zurück zu jenem ersten Tag, an dem sie alle sich kennengelernt hatten. Piper hatte ihren motorisierten Rollstuhl dazu benutzt, ihn beim ersten Wettbewerb auf Basis Zehn aus dem eiskalten Wasser zu ziehen. Und später, als er auf dem Planeten Infinity einen tödlichen Stachlerstich abbekommen hatte, war sie es gewesen, die ihn gesund gepflegt hatte. Sie hatte ihm folglich zweimal das Leben gerettet. Und er hatte ihres nicht gerettet. Nicht ein einziges Mal. Er und Piper waren beide zu Sanitätern ausgebildet worden, sollten anderen Menschen helfen. Zwar hatte er vorgehabt, Anna klarzumachen, dass es nicht in Ordnung war, Piper gefangen zu halten, aber das zählte jetzt nicht mehr. Er hätte handeln müssen.

Niko stöhnte laut, riss sich aus seinen Gurten los und begann, im Raumtransporter auf und ab zu rennen… eine Strecke, die jeweils etwa zehn Sekunden in Anspruch nahm. Er warf die Spezial-Raumanzüge zur Seite, die Anna auf ihrer fehlgeschlagenen Mission auf dem Planeten Tundra nicht benutzt hatte – der Planet lag nun hundertfünfzig Kilometer unter ihnen. Er drängte sich durch einen Schwarm von ZRKs, der gemeinsam mit der Mannschaft den Raumtransporter gestürmt hatte, und holte sich an einem der vielen Nägel, die nicht vollständig in die Wand gehämmert worden waren, einen tiefen Kratzer im Arm.

Niko war sich darüber im Klaren, dass Piper sich nicht irgendwo versteckt halten konnte, aber er musste einfach sichergehen. Die Clipper war winzig im Vergleich zu dem Raumschiff, von dem sie eben geflohen waren, aber sie hätten mit Leichtigkeit alle hier Platz gefunden, auch Piper. Ja, in die Clipper hätten zehn Pipers hineingepasst, einschließlich des Luftstuhls, der eigens für ihre Reise durch den Weltraum angefertigt worden war. Aber es war nicht daran zu rütteln – sie befand sich einfach nicht an Bord.

Er fing an, die Kisten zur Seite zu schieben, die die Sicht aus dem kleinen Seitenfenster verstellten. Vielleicht besaß die Light Blade ja irgendeinen Sicherheitsmechanismus, der dem Feuer den Weg abschnitt. Das war doch möglich, oder? Schließlich wussten sie über das Schiff nur das, was sie wissen mussten, und Colin – der außerirdische Klon, der das Omega-Team kommandierte, – war nur selten der Ansicht, dass sie etwas wissen mussten.

Siena, Anna und Ravi kamen Niko zu Hilfe. »Vielleicht haben

es die ZRKs geschafft, das Feuer zu löschen«, sagte Ravi mit dünner Stimme. »Die kriegen doch eigentlich alles hin, oder?«

Aber ein einziger Blick genügte, und allen war klar, dass auch die Fähigkeiten der ZRKs begrenzt waren. Die kleinen Roboter erledigten eigentlich alles, vom Zimmer aufräumen bis zum Flicken von Rissen in der Bordwand, damit sich im Schiff beim Flug in Gammageschwindigkeit der Druck stabil hielt. Aber ganz sicher konnten sie das superheiße flüssige Metall, das die Mannschaft vom Planeten Meta Prime geborgen hatte, nicht daran hindern, durch Böden und Wände zu dringen und den Sauerstoff in Brand zu setzen, der durch die Ventile ins Schiff gepumpt wurde. Die Mitglieder des Omega-Teams beobachteten mit wachsender Verzweiflung, wie aus der hinteren Hälfte des Raumschiffs Flammen herausschlugen und sich eine große Aschewolke bildete.

Colin war der Einzige, der nicht in die Richtung blickte, aus der sie hergekommen waren, sondern stur nach vorne sah. Er knurrte und schimpfte vor sich hin, während er das Schiff in Richtung der Cloud Leopard steuerte. Ein so aufwendiger Plan, so viel harte Arbeit … und nun hatten sie das Schiff aufgeben müssen und mit ihm all die Elemente, die sie bereits geborgen hatten. Hätte man alle Elemente zusammengetragen, wäre daraus eine unerschöpfliche Energiequelle entstanden – und damit hätte er sich die Macht über jedes Lebewesen auf der Erde oder an jedem anderen Ort im Universum sichern können. Was aus der kleinen blonden Erdbewohnerin geworden war, kümmerte ihn da noch am wenigsten. Jetzt musste er sich einen Plan zurechtlegen, wie er die Cloud Leopard unter seine Kontrolle bringen konnte – gegen den Widerstand des Alpha-Teams unter der Leitung seines Erzfeinds Chris, des genialen Außerirdischen, von dem Colin geklont worden war.

Doch während er noch vor sich hin grollte, hatte Colin eine Eingebung. Vielleicht war es ja gar nicht so schlecht, dass sie auf der Cloud Leopard unterkommen mussten! Er hätte dort früher oder später sowieso die Nullkristalle stehlen müssen – sein eigenes Team hatte es ja leider nicht geschafft, auf dem Planeten Tundra welche zu besorgen. Außerdem hatte seine Mannschaft auf dem Planeten Infinity ein paar Hundert Stachlersporen zu wenig beschafft. Sobald er alles beisammen hatte, würde er die Mannschaft irgendwo absetzen, das Schiff wenden und zurück zum Planeten Aqua Gen fliegen. Er brauchte ja Ersatz für den Pollenschleim, der da hinten auf der Light Blade gerade in Flammen aufging. Es war bislang das einzige Element, das das Alpha-Team nicht besaß.

Colin lehnte sich entspannt in seinem Sessel zurück und genoss die letzten Minuten des Flugs. Genau, das würde alles wunderbar funktionieren. Außerdem war die Cloud Leopard ein viel, viel schöneres Raumschiff als die Light Blade.

Anna riss sich vom Anblick der Light Blade los und rannte nach vorn.

»Mach Platz«, schnauzte sie Colin an. Sie versuchte, seine Hand von dem gläsernen Kontrollfeld wegzudrücken, über das er das Schiff steuerte. Auf dieser Reise hatte sie viele schwierige Entscheidungen treffen müssen – so war das eben, wenn man ein Team anführte –, aber diese Entscheidung fiel ihr jetzt leicht. Auf gar keinen Fall würden sie Piper im Stich lassen.

Colins Hand rührte sie nicht. Seine Muskeln waren massiv, unbeweglich wie ein Felsen. Anna fiel erst jetzt auf, dass sie ihn noch nie angefasst hatte. Seine Haut fühlte sich kalt an. Sie zog ihre Hand überrascht zurück.

»Auch gut«, blaffte sie Colin an und ließ sich in ihren eigenen

Sessel fallen. »Dann übernehme ich von jetzt an.« Sie streifte die Pilotenbrille über, die in der Armlehne gesteckt hatte, und machte sich bereit dafür, die Kontrolle über das Schiff an sich zu reißen. Nur noch wenige Tausend Meter trennten sie von der Andockbucht der Cloud Leopard. Keiner von ihnen hatte das Schiff je von Nahem gesehen. Wenn sie nicht sowieso schon nach Atem gerungen hätten, dann wäre ihnen bei ihrem Anblick die Luft weggeblieben.

»Hör auf!«, herrschte Colin sie an. »Wenn du versuchst, uns zur Light Blade zurückzufliegen, ist das reiner Selbstmord.«

Die anderen standen jetzt ebenfalls dicht hinter der Steuerkonsole.

»Das ist mir egal!« Anna konzentrierte sich mit aller Macht darauf, das Schiff zu wenden. Es schlingerte und bebte, hielt jedoch den Kurs.

»Los, Anna!«, rief Ravi. Beinahe hätte er angeboten, er würde übernehmen, aber Anna konnte fliegen wie eine Wahnsinnige und auf ihrem Gesicht lag ein Ausdruck der Entschlossenheit, den er noch nie gesehen hatte. Und er hatte auf ihrem Gesicht nun wirklich schon oft Entschlossenheit gesehen.

»Los schon, Anna«, flüsterte Siena mit klopfendem Herzen.

Die Clipper schleuderte und hüpfte und endlich wurde sie ein bisschen langsamer.

»Lass das!«, wiederholte Colin.

Aber Anna gab sich nur doppelt so viel Mühe. Ihre Schläfe klopfte vor Anstrengung. So oft hatte sie sich über die Alphas lustig gemacht, weil diese ihre eigenen Interessen nicht an erste Stelle stellten. Immer wieder hatte sie erlebt, dass die Alphas ihr Leben aufs Spiel gesetzt hatten, um einem anderen zu helfen, selbst wenn das zur Folge hatte, dass sie einen Wettkampf verloren oder sogar eines der wertvollen Elemente einbüßten, für deren Eroberung sie so weit gereist waren. Mann, gerade eben hatten sie Anna unten auf Tundra das Leben gerettet, nachdem sie ihnen die ganze Zeit doch so übel mitgespielt hatte. Und das Übelste, was sie ihnen angetan hatte, war die Gefangennahme von Piper. Anna wusste, wie klug Piper war. Zweifellos hatte sie Pläne für eine Flucht aus dem Fitnessraum geschmiedet. Vielleicht hatte sie eine Zuflucht gefunden, in welche die Flammen noch nicht vorgedrungen waren. Wenn Anna die geringste Chance hatte, ihre Schuld wiedergutzumachen, indem sie Piper rettete, dann musste sie es versuchen.

Plötzlich sauste die Clipper nach oben, als habe eine unsichtbare Welle sie gepackt, und dann wurde Anna so kraftvoll nach vorne geschleudert, dass sie beinahe gegen die Bordwand der Cloud Leopard geprallt wäre.

»Warum hast du das gemacht?«, brüllte Colin. Er riss das Steuer scharf nach links, um eine Kollision mit dem Rumpf des riesigen Raumschiffs zu vermeiden.

»Ich habe nichts gemacht!«, schrie Anna zurück. »Ich versuche, das Schiff zu wenden, hast du das vergessen?«

Ravi streckte einen zitternden Arm aus und deutete wortlos auf das Rückfenster.

Alle sahen in die Richtung, in der sich von ihrer jetzigen Position aus die Light Blade hätte befinden müssen.

Aber da waren nur noch Trümmer, die in alle Richtungen davonflogen.

Das Raumschiff war explodiert.

Voller Entsetzen hatte das Alpha-Team vom Steuerdeck aus beobachtet, wie die Light Blade explodierte und Trümmer des Schiffes in der eisigen weißen Atmosphäre von Tundra versanken. Piper war mehr als ein Mitglied ihrer Mannschaft, sie waren alle eine Familie. Carly fiel in ihren Flugsessel und brach in heftiges Schluchzen aus. Gabriel sank in den Sitz neben ihr. Er zog die Beine an die Brust, umklammerte sie mit den Armen und legte seinen Kopf auf die Arme.

»Chris!«, rief Dash durch den Raum hindurch ihrem außerirdischen Mannschaftsmitglied zu, der wild auf einer der Tastaturen herumhämmerte – er versuchte, die Light Blade zu erreichen, nur für den Fall, dass irgendetwas von ihr übrig war, was man erreichen konnte. »Kannst du noch mal die Clipper anfunken? Vielleicht ist Piper ja doch bei ihnen.«

Chris nickte kurz und eine Sekunde später hörten sie, wie die Mitglieder der Omega-Mannschaft einander anbrüllten. »Anna!«, schrie Dash über den Lärm hinweg. »Habt ihr sie? Hat Piper es zu euch an Bord geschafft?«

Schlagartig wurde es still. Dash dachte, die Verbindung sei abgerissen. Aber dann:

»Es tut mir so leid, Dash«, sagte Anna. »Ich wollte umkehren, aber ...«

»Schalte das aus«, kommandierte Dash. Chris gehorchte.

»STEAM«, fing Dash an, »wie hoch sind die Chancen, eine solche Explosion zu überleben? Vielleicht hat es ja schlimmer ausgesehen, als es war?«

STEAM zögerte keine Sekunde. »Ich glaube nicht, dass du hören willst, wie hoch die Chancen sind. Nein, nein, mein Herr.«

Dash sank in den Sitz neben dem zusammengekauerten Gabriel. Piper war so stark und tapfer und freundlich, und sie hatten gerade geplant, sie zurückzuholen. Warum war die Zeit bloß ihr größter Feind? Er fühlte, wie etwas in seinem Inneren zerbrach. Das war zu viel für ihn.

Keiner redete. Keiner wusste, wie er den anderen trösten sollte.

Über Carlys Schluchzen hinweg registrierte Gabriels Bewusstsein ein kurzes Vibrieren seines Handgelenkcomputers. Er beachtete es nicht. Vermutlich irgendein Alarm, der ihm mitteilte, es sei Zeit für sein Training. Er wollte nicht trainieren. Er wollte überhaupt nichts. Er wollte nie mehr aus diesem Sessel aufstehen.

Dann hörte er ein helles »Ping.« Dann noch ein »Ping«. Er griff nach seinem Handgelenk, um den Ton auszustellen, und sein Blick überflog aus Gewohnheit den Bildschirm. In Sekundenschnelle saß er aufrecht.

»Leute! Leute, seht euch das an!«

Keiner rührte sich. Gabriel streckte die Hand aus und schüttelte Carly und Dash, bis sie ihm endlich Beachtung schenkten. Dann hielt er seinen Arm so, dass die Anderen die Worte lesen konnten, die auf dem Bildschirm erschienen waren.

Ffne de Schlsentre Hl

Dash starrte Gabriel an, als sei er durchgedreht, dann wandte er sich ab. Carly konnte durch den Tränenschleier vor ihren Augen kaum etwas entziffern. Warum hielt Gabriel ihnen so eine verstümmelte alte Nachricht vor die Nase? Wie konnte er sich in so einem Moment bloß um etwas anderes kümmern als um Piper? Auch Carly wandte sich ab.

Aber Gabriel sprang auf, sein Herz klopfte wild. Er schrie in seinen Telekommunikator: »Hallo, hallo!«

Wieder ein Ping.

Sorry, schwr im Raumanzug zu tpn. SUMI übersetzt in Sprache bleibt dran.

Nur eine Sekunde später hallte eine hohe Stimme über das Steuerdeck. »Öffne die Schleusentore, HAL!«

Gabriel brach gleichzeitig in Lachen und Weinen aus. Das war typisch Piper, diesen berühmten Satz aus der Geschichte des Science-Fiction-Films zu zitieren. Die anderen starrten ihn geschockt an. Sie hatten immer noch nichts verstanden. Wie sollten sie auch? Keiner von ihnen wusste, dass er sich in SUMIs System eingehackt hatte (das dem von STEAM sehr ähnlich war), um mit Piper auf der Light Blade zu kommunizieren. Und jetzt hatte der Roboter ihm mitgeteilt, dass sie am Leben war! Nicht nur am Leben – sie befand sich jetzt in diesem Moment direkt draußen vor dem Schiff!

»Wir müssen für Piper die Docktore öffnen!«, schrie er. »Sie ist da draußen!«

Chris rannte zu seinem Schaltpult und aktivierte hastig die Tore. Dash packte Gabriel am Arm.

»Meinst du das ernst? Kann das sein?« Er hatte die Augen so weit aufgerissen, dass Gabriel befürchtete, sie könnten ihm aus dem Kopf springen. Chris und Carly traten näher und warteten gespannt auf Gabriels Antwort. Carly hielt die Luft an.

Sie wollte sich nicht zu früh freuen. STEAM drehte sich im Kreis. »Öffne die Schleusentore, HAL!«, sang er vor sich hin. »Öffne die Schleusentore, HAL!« Weiter hinten drehte sich auch TULPE im Kreis.

Gabriel informierte sie über das, was er unternommen hatte, während die anderen sich unten auf dem Planeten Tundra aufgehalten hatten. »Sie muss es irgendwie geschafft haben, sich einen Antrieb für ihren Luftstuhl zu beschaffen. Sie ist losgeflogen, bevor das Raumschiff explodiert ist.«

Einer nach dem anderen schwang sich in das Röhrensystem, das die meisten Räume auf dem Schiff miteinander verband. Dieses eine Mal hatte keiner Interesse an ihrem Wettbewerb, wer von ihnen zuerst die längste Strecke fand. Sie erreichten genau in dem Moment den Maschinenraum, als sich die Frachttore hinter Pipers Luftstuhl schlossen. Sie rannten auf das Ladedock zu und umringten sie. Alle hüpften auf und ab, weinten, wollten sie anfassen. SUMI bekam auch einen Teil des liebevollen Empfangs ab, denn sie saß quer auf Pipers Schoß.

Chris löste die Gurte, die die beiden hielten, hob SUMI hoch und setzte den schimmernden schwarzen Roboter neben Pipers Stuhl ab. SUMI nickte mit ihrem übergroßen Kopf und zwitscherte fröhlich: »Was für ein Flug!«, kicherte sie. »Was für ein Flug!«

Carly stürmte auf Piper zu. Dash war dicht hinter ihr.

Piper nahm ihren runden Helm ab und strahlte sie an. »Habt ihr mich vermisst?«

»Du kannst dir nicht vorstellen wie sehr«, rief Dash. Er hob Piper einfach aus ihrem Stuhl. Obwohl Piper ihren schweren Raumanzug trug, erschien sie ihm federleicht. Er rannte mit ihr im Kreis herum. Carly und Gabriel lachten.

»Setz mich wieder hin!«, befahl Piper, aber sie musste

ebenfalls lachen. Normalerweise erlaubte sie niemandem, sie herumzutragen, aber aus irgendeinem Grund machte es ihr jetzt gar nichts aus.

Dash setzte sie vorsichtig zurück in ihren Stuhl und bemerkte jetzt erst, wie ramponiert dieser aussah. Nur gut, dass sie noch Ersatzstühle an Bord hatten. »Wie konntest du denn entwischen?« Er beugte sich vor und spähte hinter den Stuhl. »Ich sehe die Antriebsraketen gar nicht, mit denen du von hier losgeflogen bist.«

»An die konnte ich nicht rankommen. Aber ich habe eine andere Möglichkeit gefunden.« Piper deutete auf SUMI. »Zeig es ihnen«, sagte sie.

SUMI kicherte und hopste auf ihren gefederten Beinen herum, bis sie der Gruppe ihren Rücken zuwandte. Dann öffnete sie eine Klappe an ihrem Hinterteil und ein Dampfstoß schoss heraus.

Einige Sekunden lang herrschte verblüfftes Schweigen, aber dann brach das ganze Alpha-Team, einschließlich Chris und STEAM, in schallendes Gelächter aus.

Piper wischte sich über die Augen. »Ich war auch sehr überrascht«, sagte sie. »Und ich habe in den letzten Wochen wirklich viel Zeit mit ihr verbracht.«

»Mit ihr?«, wiederholte STEAM.

Piper grinste. »Ist ja nicht so, dass wir uns gemeinsam die Zehennägel lackieren oder so was, aber ja, ich halte sie für ein Mädchen.«

»Ich glaube, STEAM ist eifersüchtig«, meinte Carly. »Er war immer der einzige Roboter an Bord.«

TULPE klickte missbilligend und Carly beugte sich zu ihr hinunter, um ihren warmen Bauch zu streicheln. »Entschuldigung, TULPE.«

STEAMS blaue Lämpchen flackerten und er schwebte beleidigt davon. SUMI hüpfte hinter ihm her.

»Sieht doch aus wie der Beginn einer wunderbaren Freundschaft«, witzelte Gabriel.

Piper streckte die Hand aus und drückte seinen Arm. »Danke«, sagte sie. »Wenn du SUMI nicht gehackt hättest, wäre ich nie auf die Idee gekommen, noch mal im Fitnessraum vorbeizusehen und sie zu holen. Wir wären beide mit der Light Blade untergegangen. Oder wenn ich es geschafft hätte, mit einem anderen Antrieb hier rüberzufliegen, hätte ich euch nicht mitteilen können, dass ich draußen bin. Du hast mich echt gerettet.«

Gabriel errötete. Dann runzelte er die Stirn. »Ich hätte viel früher etwas unternehmen müssen.«

»Du konntest ja überhaupt nichts unternehmen, solange wir in Gammageschwindigkeit geflogen sind«, stellte Piper fest. »Ich hätte Colin und Anna nicht trauen sollen. Ich hätte erst mal einen Beweis verlangen müssen.«

»Komm, Piper«, mischte sich Carly ein. »Wir gehen auf unser Zimmer. Da ist es ohne dich viel zu ruhig gewesen.«

»Klingt gut«, sagte Piper. Sie drückte Gabriels Arm ein letztes Mal. »Ich kann es kaum erwarten, wieder in meinem gemütlichen Bett zu liegen.«

»Wir müssten uns eigentlich mal um die Clipper kümmern«, sagte Dash ohne große Begeisterung. Chris nickte.

»Als Gute-Nacht-Geschichte erzähle ich dir alles über unser Abenteuer auf Tundra«, versprach Carly, als sie mit Piper loszog. Piper bremste scharf ab und wendete ihren Luftstuhl. »Ach ja, genau. In der ganzen Aufregung habe ich ganz vergessen, worum es in unserer Mission geht. Habt ihr die Nullkristalle gekriegt?«

»Das glaubst du aber, Mädchen!« Carly streckte Piper ihre Faust entgegen.

»Super!« Piper boxte gegen Carlys Faust. »Ich glaube kaum, dass die Omegas welche haben. Sie kamen ziemlich übel gelaunt zurück. Noch übler gelaunt als sonst, meine ich.«

Carly und Dash tauschten überraschte Blicke. »Bist du dir sicher?«, fragte Dash.

Piper nickte, dann musste sie husten. »Bin gleich wieder da.« Sie schwebte quer durch den Raum zu einem der Wasserbehälter, die von den ZRKs immer mit frischem Wasser versorgt wurden. Eine Reise durch den Weltraum lediglich in Begleitung eines Roboters mit Hinterteil-Antrieb – da sollte man nicht durstig werden!

Im Raum hinter ihr jubilierte Gabriel. »Das heißt, dass wir gewonnen haben! Jetzt können sie gar nicht mehr alle sechs Elemente kriegen! Und wir ... wir ...«

Seine Stimme versagte, als ihm die Lage klar wurde. Die Light Blade war in die Luft geflogen. Er sank zu Boden. »Und wir kriegen sie auch nicht.«

Erst in diesem Moment dämmerte es Dash und Carly. Der Pollenschleim – das einzige Element, das die Alphas nicht hatten bergen können, das einzige Element, das die Omegas in ihren Besitz gebracht hatten – hatte sich in der Light Blade befunden. Beide wurden kreidebleich. Das ganze Adrenalin, das Dash gerade noch aufrecht gehalten hatte, schien aus seinem Körper zu sickern. Die Mission war also gescheitert – aber darüber hinaus hatte er nicht mehr die Möglichkeit, die Mannschaft nach Hause zu bringen. Keiner von ihnen würde jemals nach Hause kommen. Wie erschlagen sank er neben Gabriel zu Boden. Carly setzte sich dazu. Sie saßen im Kreis, mit gesenkten Köpfen. Keiner sagte ein Wort. Sie hatten auf ganzer Linie versagt. Die gesamte Menschheit hatten sie im Stich gelassen.

Piper näherte sich der Gruppe wieder. »Was macht ihr denn da?«, fragte sie neugierig. »Leute, seid ihr nicht ein bisschen alt für *Der Fuchs geht um*?« Vielleicht hatten sie ja auch ein neues Spiel erfunden. In ein paar Wochen kann ja viel passieren.

Chris streckte den Arm aus und legte seine Hand auf ihre Hand. Sie war überrascht, wie warm sich das anfühlte. »Die

Mission ist vorüber«, sagte Chris. Er bemühte sich, so viel Gefühl wie nur möglich in seine Stimme zu legen. Ihm war klar, dass die anderen ihn für gefühllos hielten, aber das war er durchaus nicht. »Wir können die Quelle nicht herstellen«, sagte er. »Nicht ohne den Pollenschleim. Er kann die Explosion nicht überstanden haben.«

Piper betrachtete ihre drei Freunde, die zusammengesunken auf dem Boden kauerten. Dann dämmerte es ihr.

»Ihr habt recht! So eine Explosion kann er unmöglich überstehen«, bestätigte sie mit ernsthafter Miene. Dann drehte sie sich um und öffnete die Klappe eines kleinen Stauraums in ihrer Kopfstütze. »Nur gut, dass er nicht mehr an Bord war, als das Schiff in die Luft geflogen ist.« Sie hielt die Hand hoch und nun sahen es alle: eine schillernde Flüssigkeit in einem Behälter, der wie ein ganz normales Marmeladenglas aussah.

Zum ersten Mal in seinem sehr langen Leben war Chris den Tränen nahe. Er nahm Piper einschließlich ihres Luftstuhls einfach in die Arme. Gabriel und Carly sprangen so hastig auf, dass sie mit den Köpfen gegeneinanderstießen. Piper konnte nicht erkennen, ob sie lachten oder weinten, und entschied, dass es eine Mischung aus beidem sein musste. Dash brauchte ein bisschen länger, bis er auf den Füßen stand, aber die Freude über die gute Neuigkeit verlieh ihm genügend Energie, um sich den anderen bei ihren Freudensprüngen anschließen zu können.

Chris schenkte allen ein strahlendes Lächeln. »Es besteht kein Zweifel … Shawn Phillips hat die vier besten Kandidaten der Welt für die Mission ausgesucht.«

»Jetzt aber keine Überraschungen mehr!«, befahl Dash seiner Mannschaft. Er fuhr sich mit den Fingern durch die Haare. »Ich kann das nicht mehr ertragen.«

Als hätten die Omegas seine Worte gehört, wählten sie diesen Moment, um sich über die Sprechanlage zu melden. »Bitten um Erlaubnis, an Bord zu kommen«, sagte Anna. Sie klang erschöpft. Dash hatte wirklich nicht die geringste Lust, sich mit ihr abzugeben – oder mit Colin. Schon gar nicht mit Colin. Dash verzog das Gesicht und schloss die Augen.

»Warum hat das so lang gedauert?«, wollte Carly von Chris wissen.

»Vermutlich ist durch die Schockwelle ihr Antrieb ausgefallen und sie sind die restliche Strecke nur noch gedriftet.«

Piper reichte Chris das Glas mit dem Pollenschleim und drehte ihren Stuhl von der Andockbucht weg. »Wenn ihr nichts dagegen habt, dann erspare ich mir dieses Wiedersehen.«

»O ja, ich auch«, sagte Carly. Die beiden Mädchen sausten

aus dem Raum.

Gabriel stupste Dash in die Seite und deutete in Richtung Andockbucht. »Du solltest denen vielleicht mal antworten.«

»Ja, wahrscheinlich«, antwortete Dash, aber er machte keine Anstalten, sich zur Sprechanlage zu bewegen.

»Sie müssen das mit Piper ja auch erfahren«, fügte Gabriel hinzu. So mies hatten die Omegas sie behandelt – sowohl auf den Planeten wie auch draußen im Weltraum –, dass ein kleiner Teil von ihm ihnen die Information über Pipers Rettung gerne noch ein bisschen vorenthalten hätte: Sie sollten sich ruhig noch eine Weile weiter Vorwürfe machen. Er warf Dash einen schrägen Blick zu: Dachte er vielleicht das Gleiche?

Aber dann seufzte Gabriel. Auf Basis Zehn hatte er sie alle gemocht. Er hatte Annas Ehrgeiz, immer die Siegerin sein zu wollen, sogar ein bisschen bewundert. Sie hatten mit diesem merkwürdigen geklonten Außerirdischen zurechtkommen müssen. Gerne hätte er geglaubt, dass er an ihrer Stelle sich besser benommen hätte, aber – wer wusste das schon. Es tat ihm immer noch leid, dass er in den ersten Wochen der Reise durch den Weltraum ziemlich schnippisch mit Dash umgesprungen war.

Gerade wollte Gabriel Dash noch einmal anstupsen, da stellte sich der Chef des Alpha-Teams sehr gerade hin. Gabriel konnte nicht übersehen, dass die ganze Aufregung dieses Tages Dash zugesetzt hatte. Seine Haut wirkte grau. Aber das würde ihm Gabriel bestimmt nicht unter die Nase reiben.

»Alles klar«, verkündete Dash. »Dann los. Chris, kannst du die Docktore öffnen? Sag ihnen, sie können neben der Cloud Cat parken. Sag ihnen, dass Piper in Sicherheit ist, und begleite sie in den Fitnessraum. Sie sollen sich in den Sesseln des Flugsimulators anschnallen, damit wir gleich in Gammageschwindigkeit schalten können.«

Chris nickte und machte sich auf den Weg zum anderen Ende des Maschinenraums, um in der Andockbucht alles vorzubereiten. Dash redete in das Mobile Tech Band an seinem Armgelenk. »Alphas, wir treffen uns auf dem Flugdeck und bereiten uns dort auf Gammageschwindigkeit vor. Piper, es tut mir leid, dass du dich jetzt nicht ausruhen kannst. Wir müssen die verlorene Zeit wieder reinholen.«

Hoffentlich klang dieser letzte Satz nicht gar so egoistisch; so hatte er es nicht gemeint. Doch egal wie viel Gutes dieser Tag gebracht hatte – er wurde davon nicht jünger. Er würde sich ausruhen, wenn sie erst einmal in Gammageschwindigkeit unterwegs waren.

Sobald er entschieden hatte, was mit ihren »Gästen« passieren sollte.

Von der Steuereinheit in der Arm-
lehne seines Flugsitzes aus schaltete Dash den großen Monitor
über ihren Köpfen ein, der ihnen Livebilder aus den meisten
Räumen des Schiffs zeigte. Dash zog das Bild aus dem Fitnessraum größer. Er hatte eigentlich noch überhaupt keine Lust,
den Mitgliedern des Omega-Teams in die Augen zu sehen,
aber ihm war klar, dass er seiner Pflicht als Kapitän nachkom-
men musste. Er holte tief Luft und zwang sich, auf den Bildschirm zu sehen.

Die Mitglieder des Omega-Teams hatten sich bereits in den
Simulationssesseln angeschnallt. »Vorbereiten für …«, fing er
an, doch er konnte nicht weitersprechen. Die Omegas sahen
vollkommen jämmerlich aus! Annas Gesicht war so dick an-
geschwollen, als käme sie direkt von einem verlorenen Box-
kampf. Die anderen sahen blass und verschwitzt aus. Dashs
Zorn auf sie war sofort verflogen. Er hatte noch gar nicht daran gedacht, was es für sie bedeutete, ihr Schiff zu verlieren,
dabei war das doch eigentlich klar! Er selbst wäre am Boden
zerstört, wenn die Cloud Leopard in Flammen aufgehen
würde.

Er räusperte sich. Jetzt erst sahen die Omegas auf... bislang war ihnen ganz offensichtlich nicht aufgefallen, dass sich der Bildschirm vor ihnen eingeschaltet hatte. »Es tut mir sehr leid, dass ihr euer Schiff verloren habt«, sagte er und meinte das vollkommen ernst. »Bestimmt war die Light Blade ein großartiges ...«

»Wie kannst du denn jetzt an so was denken!«, schrie Anna zum Monitor hinauf. »Wir sind doch diejenigen, denen es leid tut. Nur wegen uns – genau genommen wegen mir – haben wir Piper verloren. Und den Pollenschleim. Wie sollen wir denn jemals nach Hause kommen, wenn wir die Quelle nicht herstellen können?« Diese letzte Frage sprach sie so aus, als wäre ihr das jetzt gerade erst klar geworden. Dann begann sie noch lauter zu schluchzen. »Es ist alles meine Schuld! Das werde ich mir niemals verzeihen. Niemals. Es ist mir ganz egal, ob du mir das glaubst oder nicht.«

Dash hob die Augenbrauen. Er wirbelte in seinem Sitz herum und sah Chris an. »Hast du es ihnen nicht gesagt?«

Chris schüttelte den Kopf. »Es war keine Zeit. Ich musste das Schiff bereit machen. Du hast ja vielleicht vergessen, dass wir ein Zeitproblem haben, aber ich nicht.«

Dash machte den Mund auf und wollte widersprechen, aber was sollte das bringen? Chris hatte wahrscheinlich überhaupt nicht die Absicht, etwas Grausames zu tun, indem er den Omegas die Nachricht von Pipers Rettung vorenthielt. Chris mochte ja schon einige Jahrzehnte auf der Erde verbracht haben, aber angemessenes Sozialverhalten hatte er noch immer nicht gelernt.

Dash drehte sich wieder nach vorn und schob den Regler hoch, um das Sichtfeld zu vergrößern. Jetzt konnten die Omegas das gesamte Steuerdeck sehen. Schlagartig warfen sie sich nach vorne in ihre Gurte, rissen die Augen auf, schnappten nach Luft.

Siena war die Erste, die etwas sagte. Dem sonst eher zurückhaltenden Mädchen stand allergrößte Erleichterung ins Gesicht geschrieben. »Piper! Bist du das wirklich?«

Piper winkte in die Kamera. »Hallo, Leute. Ja, ich bin es.«

Ravi redete als Nächster. »Du bist also nicht irgendein durchgeknalltes Hologramm, das uns irgendwie veräppeln will?«

Piper grinste. »Das wäre ja cool – aber nein.«

Anna und Niko starrten sie lange wortlos an, dann endlich gelang es Anna, ein paar Worte zu stottern: »Aber… aber… wie?«

Piper zuckte mit den Achseln. »Genauso wie ich damals auch auf euer Schiff gekommen bin.« Sie warf ihren Freunden einen vielsagenden Blick zu und zwinkerte. »Also, fast genauso.«

Carly neben ihr kicherte.

Jetzt meldete sich Dash zu Wort. »Chris sollte euch das eigentlich gleich bei eurer Ankunft sagen, aber es gab ein…« Er zögerte und warf dem Außerirdischen, der wild in Richtung des Gammageschwindigkeits-Startknopfs gestikulierte, einen kurzen Blick zu. »…ein Kommunikationsproblem«, beendete er seinen Satz. »Wenn wir sicher in Gammageschwindigkeit fliegen, können wir euch die Sache mit Piper erklären und auch darüber reden, wie der letzte Teil der Mission verlaufen soll.«

»Du meinst unsere Mission.« Erst jetzt redete auch Niko. »Wir helfen euch jetzt.« Dann winkte er Piper beinahe schüchtern zu. »Hallo, Piper. Danke, dass du am Leben bist.« Er senkte den Kopf. Sie winkte ihm zu.

Dash bemerkte den entschlossenen Ausdruck auf den Gesichtern aller Omegas. Irgendwie hatte Niko ja recht – auf dem nächsten Planeten würden die Alphas jede Hilfe benötigen, die sie nur kriegen konnten, und die vier Omegas besaßen wichtige Fähigkeiten. Er würde niemanden zurückweisen, der ihnen helfen wollte. Na ja, Colin vielleicht schon. Hm, apropos Colin…

»Chris! Wo ist Colin? War der nicht auf der Clipper?«

»Den habe ich in meine Privaträume gesperrt«, antwortete Chris. »Darüber reden wir später. Gammageschwindigkeit in fünf… vier…«

Drei Sekunden später umklammerten alle die Armlehnen ihrer Sitze, ihre Körper wurden tief in die Lehnen gepresst. Gabriel hatte einmal gesagt, die Beschleunigung in Gammageschwindigkeit fühle sich an, als würde eine unsichtbare Hand gegen seine Brust pressen. Aber bald ließ der Druck nach und die glühenden Wrackteile der Light Blade lagen Hunderte von Kilometern hinter ihnen.

Die Alphas machten sich daran, ihre Sitzgurte zu lösen.

»Wir müssen hingehen und mit ihnen reden«, sagte Dash.

Unten im Fitnessraum rührte sich keiner der Omegas. Alle sahen gleichermaßen verwirrt drein. Ravi wandte sich an Anna. »Haben die nicht gesagt, wir fliegen jetzt gleich in Gammageschwindigkeit?«

Sie sah sich im Raum um, der nur kurz sanft gezittert hatte und ansonsten unverändert erschien. Nichts hatte sich verdreht oder ausgedehnt und ihr war nicht im Geringsten übel oder schwindelig. Sie nickte grimmig und versuchte, nicht hysterisch zu klingen, als sie weiterredete. »Das Schiff ist kaputt. Wir sind alle im Weltraum gefangen.«

Siena stöhnte. »Dabei hätten wir jetzt endlich alle ein Team werden können.«

Siena und Niko wechselten einen Blick. Ihnen beiden war klar, dass sie nicht hätten zulassen dürfen, dass Anna Piper an Bord der Light Blade als Geisel gefangen hielt. Anna hatte gesagt, sie benötige Piper als »Versicherung«, um zu garantieren, dass die Alpha-Mannschaft sie nicht in den Tiefen des Weltraums ihrem Schicksal überlassen würde. Aber Niko und Siena wussten genau, dass die Alphas das sowieso niemals gemacht hätten. Und dennoch hatte die Angst vor Annas Wutausbrüchen sie beinahe ebenso zu Gefangenen gemacht wie Piper.

Niko setzte sich gerade hin. »Ja, Anna, endlich. Siena und ich haben es satt, wie du mit uns allen umspringst – dass wir nie eine eigene Meinung haben oder eine Entscheidung treffen dürfen. Wir wollten schon die ganze Zeit aussteigen, aber das ist ja jetzt auch egal. Ohne Gammageschwindigkeit werden wir niemals, niemals wieder zur Erde zurückkehren.«

Anna machte den Mund auf und wieder zu und wieder auf. Die anderen verstanden einfach nicht, dass ein Anführer die schwierigsten Entscheidungen treffen und die größten Risiken eingehen musste. War sie nicht immer auf die Sicherheit ihrer Mannschaft bedacht gewesen … na ja, fast immer? Ihr war es zu verdanken, dass sie die Alpha-Mannschaft fast bei jeder Aufgabe besiegt hatten. Aber als sie dann gedacht habe, Piper sei tot und es sei alles ihre Schuld, war etwas in ihr zerbrochen. Sie war zu weit gegangen. Und warum? Um jemandem, der sich Millionen von Kilometern weit entfernt befand, zu beweisen, wie schlau sie sein konnte? Aber damit war jetzt Schluss. Es war ihr egal, was andere über sie dachten. Sie musste auf niemanden mehr Eindruck machen.

Also presste sie die Lippen zusammen, verschränkte die Arme und sagte nichts. Die anderen drei saßen nur da und schwiegen ebenfalls.

Die Tür zum Fitnessraum glitt zur Seite. Dash kam herein, gefolgt von Carly und Gabriel, und ganz hinten schwebte Piper auf ihrem neuen Luftstuhl.

»Wieso seid ihr noch immer angeschnallt?«, fragte Gabriel. »Die nächsten einundsechzig Tage in Gammageschwindigkeit könnten sich für euch ziemlich hinziehen, wenn ihr nicht aufsteht.«

»Aber wie können wir in Gammageschwindigkeit fliegen?«, fragte Niko. Er löste schnell den Sitzgurt und sprang vom Sessel. Die anderen folgten seinem Beispiel, allerdings etwas zögerlich. Niko legte seine Handfläche auf die glatte weiße Wand. »Es fühlt sich überhaupt nicht so an, als würden wir uns bewegen.«

»Ihr seid unserer Gammaströmung doch jetzt neun Monate lang durch das Universum gefolgt«, sagte Gabriel. »Ihr müsst doch wissen, wie sich Gammageschwindigkeit anfühlt.«

Keiner erwiderte etwas. Aber dann brach Ravi in Gelächter aus. »So fühlt es sich für sie an!« Die anderen Mitglieder der Omega-Mannschaft blinzelten ratlos, aber dann fingen auch sie an zu lachen und zu jubeln.

»Bei denen drüben hat sich das ganz schön schlimm angefühlt«, erklärte Piper den Alphas.

»Wenn wir da in Gammageschwindigkeit geflogen sind, war das so, als würde dein Körper gleichzeitig in zehn verschiedene Richtungen gedehnt. Und das hat so ziemlich während des ganzen Flugs angedauert.«

»Im Ernst? Au weia.« Carly verspürte einen Funken Mitleid. Jetzt, wo sie sich von Nahem sahen und nicht auf irgendeinem fremden Planeten voreinander wegliefen, wurde sichtbar, dass die Omega-Mannschaft seit ihrem gemeinsamen Aufenthalt auf der Raumbasis vor mehr als einem Jahr deutlich gealtert war. Vermutlich sah Carly selbst auch nicht mehr wie ein kleines Mädchen aus.

»Das ist ungut«, meinte Gabriel. »Ich vermute, ihr seid jetzt froh, dass ihr hier seid.«

»Das kannst du wohl sagen«, riefen Siena und Niko wie aus einem Mund.

»Und wie«, schloss sich Ravi an. Und an Anna gewandt fügte er hinzu: »Nichts gegen dich.«

»Ja, klar«, knurrte sie und trat gegen den Stuhl, der ihr am nächsten stand, aber der Anflug eines Lächelns huschte über ihr Gesicht. Um ihr altes Raumschiff mochte es Anna ja nicht wirklich leid tun, aber Dash war sicher, dass sie ihre Rolle als Mannschaftskapitänin vermissen würde. Er würde vorsichtig mit ihr umgehen müssen, wenn sie von nun an alle zusammen als Mannschaft funktionieren sollten. Das aber stand noch in den Sternen.

»Kommt mit.« Dash bedeutete den Omegas, ihm aus dem Fitnessraum zu folgen. »Wir hatten alle einen langen Tag. Ein kleiner Rundgang, damit ihr euch orientieren könnt, dann essen und schlafen. Chris hat für morgen früh ein Treffen angesetzt, dann können wir alles Weitere besprechen.«

Carly übernahm die Reiseleitung. Sie erläuterte die verschiedenen Räumlichkeiten, an denen sie vorüberkamen, und erklärte, dass das Transportröhrensystem alle Bereiche des Raumschiffs durchzog. Den Wettbewerb unter den Alphas um die Entdeckung der längsten Strecke erwähnte sie nicht. Irgendetwas sollte ihre alte Mannschaft nur für sich behalten.

»Solche Röhren hatten wir in der Light Blade auch«, berichtete Ravi. »Aber die führten nur von einem Stockwerk ins andere. Da waren nicht rein zum Spaß noch irgendwelche Extrakurven eingebaut. Colin hat auf der Light Blade überhaupt nichts nur zum Spaß eingebaut.«

Als sie am Freizeitraum vorbeikamen, erhaschte Ravi einen Blick auf die in Wände und Tischplatten eingelassenen Bildschirme. Als er die Virtual-Reality-Station entdeckte, riss er die Augen weit auf. »Das ist nicht euer Ernst!« Und wie auf Stichwort begannen die Omegas, all die Dinge aufzuzählen, die auf der Cloud Leopard besser waren als auf der Light Blade. Dash musste sich eingestehen, dass er stolz auf sein Schiff war. Er bemühte sich, nicht darüber nachzudenken, dass es einfach auseinanderfallen würde, falls Chris' winziges, ramponiertes Raumschiff, das unter dem Maschinenraum versteckt war, plötzlich den Geist aufgeben sollte. Abgesehen von Chris war Dash der Einzige an Bord, der darüber Bescheid wusste, und so sollte es auch bleiben. Die Mannschaft hatte ohnehin genug Anlass zur Sorge.

Als die Gruppe die Schlafräume erreichte, verstummten die vier Neuankömmlinge. Beide Türen waren gleichzeitig aufgeglitten und die Omegas blickten staunend vom Jungen- zum Mädchenschlafraum. Dann rannten Niko und Ravi in den Jungenschlafraum, Anna und Siena in den Mädchenschlafraum.

Siena stieß einen kurzen Schrei aus, Piper schnappte nach Luft und hielt ihren Luftstuhl an.

»Was ist los?«, fragte Carly. Sie betrat den Raum. Sie blinzelte zweimal. Wie? Sie und Piper waren doch eben noch in diesem Raum gewesen, aber jetzt hatte er sich vollkommen verwandelt. Der Raum war sowohl länger wie auch breiter, sodass in großzügigem Abstand zu ihren Betten zwei zusätzliche Etagenbetten Platz fanden. An den Wänden hingen Familienfotos – nicht nur von Carlys und Pipers, sondern jetzt auch von Annas und Sienas Familien, außerdem Straßenpläne all ihrer Heimatstädte. Die Wände waren mit einer schimmernden frischen Schicht gelber Farbe überzogen und ein superflauschiger weißer Teppich ersetzte den rosafarbenen Teppich, den Carly immer zu mädchenhaft gefunden hatten. Die ZRKs waren ausgesprochen fleißig gewesen.

»Wow.« Anna stieß einen leisen Pfiff aus. »Das ist ja fast so gemütlich wie mein Zimmer auf Basis Zehn.«

Auf der anderen Seite des Flurs warf sich Ravi auf den Boden und ließ die Arme über den Plüschteppich hin und her gleiten. Niko folgte seinem Beispiel und nach kurzem Zögern schloss sich Gabriel ihnen an.

»Mann«, sagte Gabriel und verdrehte den Hals so, dass er Dash ansehen konnte. »Das musst du ausprobieren, Mann.«

Dash lachte und schüttelte den Kopf. »Einer muss das Schiff steuern«, gab er zurück.

»Ganz meine Meinung«, ertönte Annas Stimme hinter ihm. »Bietest du mir gerade eine Stelle an?«

Dash zuckte erschreckt zusammen. Es würde ihn Mühe kosten, sich an ihre Nähe zu gewöhnen.

»Wohl kaum«, sagte er trocken. »Du bist dir im Klaren darüber, dass du mich jedes Mal abgeschmettert hast, wenn ich dir vorgeschlagen habe, als Team zusammenzuarbeiten? Angefangen mit der Raptogon-Holografie unten auf der Basis und danach praktisch jedes Mal, wenn wir uns begegnet sind.«

Sie zuckte mit den Achseln. »Ja gut, kapiert. Teamwork ist nicht meine Stärke. Aber ich verspreche, ich werde mir mehr Mühe geben.«

Dash runzelte die Stirn. »Und warum sollte ich dir vertrauen ...?«

Sie sah ihm in die Augen und flüsterte: »Weil ich dein Geheimnis kenne.«

»**Chris, du hast dich** heute selbst über-
troffen, mein Freund«, sagte Gabriel, als er sich neben Carly
an den Esstisch setzte. Er rieb die Handflächen aneinander vor
lauter Vorfreude auf die köstliche Mahlzeit.

Chris bedankte sich mit einem Nicken für das Kompliment.
Ihm war klar, dass es für beide Mannschaften ein langer und
schwieriger Tag gewesen war, und er wollte ihnen etwas Gutes
tun, indem er für sie kochte. Außerdem war er Colin auf diese
Weise für ein Weilchen los gewesen – der war ihm nämlich
unheimlich. Wenn er ihn ansah, hatte er das Gefühl, in einen
Zerrspiegel zu blicken, nur war es nicht so lustig wie im Spie-
gelkabinett des Vergnügungsparks. Der Klon kochte vor Wut –
denn er war in ein neu geschaffenes Kraftfeld eingeschlossen, das alle anderen von Chris' Privaträumen fern- und Colin
darin festhielt. Chris musste erst einmal klären, ob Colin den
Erfolg der Mission gefährdete.

Niko, Ravi und Siena starrten auf das Abendessen, das vor ihnen aufgebaut war. Die lange Tafel bog sich unter dampfenden
Fleischplatten, Gemüse, Pasteten, Bergen von klein geschnitte-
nem Obst, Schokolade, Eis und Limonade. Ravi fing tatsächlich

an zu sabbern. »Esst ihr jeden Abend so?«, fragte er. Die Light Blade hatte keinerlei Vorräte an Bord gehabt, die nicht gefriergetrocknet, pulverisiert oder in Riegelform gepresst waren.

Carly grinste. »Klar. Zu jeder Mahlzeit. Ihr etwa nicht?«

Piper knuffte sie freundschaftlich in die Seite. »Hört nicht auf sie. Nur an besonderen Abenden kocht Chris für uns – zum Beispiel direkt vor einer Planetenlandung oder wenn wir zurückkommen«, gestand sie. »Die ZRKs servieren uns das, was in ihr System einprogrammiert ist. Aber in der Regel schmeckt das auch sehr gut.«

»Wo sind Anna und Dash?«, fragte Carly. Sie warf einen Blick auf die Tür zum Speiseraum. Die anderen waren alle versammelt.

»Keine Ahnung.« Gabriel schaufelte schon Berge auf seinen Teller. »Vermutlich reden sie über Kapitäns-Themen, wisst ihr, wer auf dem Schiff welche Aufgabe übernimmt, jetzt wo wir alle auf diesem Schiff zusammen sind.«

Carly und Siena wechselten über den Tisch hinweg einen Blick. Beide waren in ihrer jeweiligen Mannschaft Stellvertreterinnen des Kapitäns gewesen, und nun versetzte beiden die Eifersucht einen Stich. Sie waren es gewohnt, dass ihr Anführer ihnen seine Pläne mitteilte. Na ja, Carly noch mehr als Siena. Und jetzt mit zwei Kapitänen – welchen Platz nahmen sie da ein?

»Sollten wir nicht auf sie warten?«, fragte Piper. »Ich meine, so aus Höflichkeit?«

Die drei Jungen bewegten bereits ihre Gabeln in Richtung Mund.

»Ach, ist schon gut«, lenkte Piper ein und griff nach ihrer Leibspeise – einem Keks mit Erdnussbutter und Nuss-Nougat-Creme. »Wer zuerst kommt, mahlt zuerst.«

»Wenn du mir schon nicht verrätst, was du über mich
weißt, dann sag mir etwas anderes: Warum habt ihr Piper
wirklich entführt?«, fragte Dash. »Euch war klar, dass wir euch
nicht im Stich lassen würden. Wir haben das immer wieder
bewiesen. Und als ihr dann den Pollenschleim hattet und wir
nicht, da hattet ihr doch schon eure Versicherung in der Tasche. Also, warum habt ihr es getan?«

Anna hatte stark damit gerechnet, dass er sie irgendwann ge-
radeheraus fragen würde. Sie konnte die Sache auf Ike Phillips
schieben und Dash würde ihr vermutlich glauben. Aber Lügen
flogen irgendwann immer auf und sie wollte es nicht riskieren.
Sie wollte nicht tatenlos danebenstehen müssen, während die
Alpha-Mannschaft ihre Mission vollendete. Sie holte tief Luft.
»Es war Ikes Idee, dafür zu sorgen, dass ihr keinen Pollenschleim bekommt. Er wollte sichergehen, dass ihr uns braucht.
Ich wollte wohl nicht hinter ihm zurückstehen. Ich wollte etwas
noch Bedeutenderes, Gewagteres tun.«

Dash sagte nichts. Anna spürte, wie ihre Wangen heiß wurden. Wenn man es laut aussprach, klang es ziemlich übel. Sie
räusperte sich. »Die anderen wussten nichts davon. Mir war
klar, dass ihnen das nicht passen würde, deswegen habe ich
ihnen gar keine Wahl gelassen.«

»Und da überrascht es dich, dass sie von dir weg wollten?«

Anna zuckte mit den Schultern. »Mein Vater sagt immer, ein
Anführer hat keine Freunde, nur Untergebene.«

»Du redest oft über deinen Vater und seine Ansichten.«

Anna verschränkte die Arme. »Hörst du etwa nicht auf deinen Vater? Ich wette, er …«

Dashs Miene verhärtete sich. »Mein Vater ist tot. Was er
über die Rolle eines Anführers gedacht hat oder über Erfolg
oder sonst etwas, weiß ich nicht.«

»Oh.« Das brachte Anna einen Moment lang aus der Fassung. »Das tut mir leid.«

Dash sah in ihren Augen, dass sie es ernst meinte. Er wurde wieder freundlicher. »Gut, es ist ja vorbei. Piper ist wieder da und wir haben die Chance auf einen Neuanfang als eine große Mannschaft. Wenn du etwas über mich weißt, sprich es einfach aus. Wenn wir zusammenarbeiten wollen, müssen wir offen und ehrlich miteinander umgehen.«

»Hast du dich denn daran gehalten?«, fragte sie. »Warst du ehrlich zu deiner Mannschaft? Wissen sie denn überhaupt Bescheid?«

»Wissen sie überhaupt Bescheid über was?« Er ahnte schon, auf welches Geheimnis sie anspielte, aber woher konnte sie es wissen? Er hatte beabsichtigt, die Omega-Mannschaft über die Situation zu informieren, hatte aber gehofft, er könne das noch ein bisschen hinauszögern, damit sie seine Fähigkeiten zur Führung der Mannschaft nicht in Frage stellten.

Anna seufzte dramatisch. Sie konnte ihn noch ein bisschen zappeln lassen, aber die Düfte, die aus dem Speiseraum nebenan hereinwehten, waren verlockend und sie hatte einen Bärenhunger. »Also gut«, sagte sie knapp. »Wissen sie überhaupt Bescheid darüber, dass du nur noch ungefähr fünfundsechzig Tage zu leben hast?«

Dash zuckte zusammen. »Musst du das so – so drastisch ausdrücken?«

»Wie soll ich es denn sonst ausdrücken?«, fragte sie zurück.

»Ja, sie wissen es«, sagte Dash. »Ich gebe zu, ich habe es ihnen lange verheimlicht, weil ich sie nicht beunruhigen wollte, weil sie nicht denken sollten, dass mit mir irgendwas nicht in Ordnung ist. Aber jetzt...« Er verstummte.

Sie betrachtete ihn genau. Ihr entging nicht viel. Sie alle

sahen erschöpft aus, aber Dash hatte dunklere Ringe unter den Augen, es waren schon beinahe Hohlräume. Und sein hellbrauner Haarschopf, ursprünglich dicht und wellig, klebte ihm am Kopf. Sie beendete seinen Satz. »Aber jetzt kannst du es nicht mehr verbergen. Du bist am Zusammenbrechen.«

»Ja, ist wohl so«, gestand er. »Es ist nicht so schlimm, nur so eine Müdigkeit, die mich manchmal überfällt. Ich kriege jeden Tag eine Spritze, damit ich gesund bleibe, aber je näher wir dem kritischen Datum kommen, desto weniger wirksam sind sie. Aber wie hast du davon erfahren? Hast du gelauscht, als Colonel Phillips mir davon erzählt hat?«

Sie schüttelte den Kopf. »Nein. Ich wusste, dass ihr beide irgendeine Privatunterhaltung hattet, aber ich habe die Puzzlestücke selbst zusammengesetzt. Als wir auf der Basis angekommen sind und ich meine Konkurrenten kennengelernt habe, habe ich euch alle im Internet überprüft. Wissen ist Macht, weißt du doch. Ich habe die Geburtsdaten von euch allen gesehen, aber in dem Moment habe ich mir noch keine Gedanken darüber gemacht. Und eines Tages hat Colin erwähnt, Chris hätte eine Art Serum entwickelt, durch das ältere Menschen die Gammageschwindigkeit überleben könnten. Dann dachte ich daran, dass der Kommandant gesagt hatte, dass er unbedingt Kinder genau in unserem Alter brauchte, und mir fiel dein Geburtsdatum wieder ein. In solchen Sachen bin ich ziemlich gut, erinnerst du dich?«

Dash rieb sich die Augen. Er war so erschöpft. »Du bist in vielen Sachen ziemlich gut, Anna«, sagte er müde. »Aber es wäre schön, wenn du deine Intelligenz zu einem guten Zweck benutzen würdest, nicht für … na ja, das Gegenteil. Wenn wir zusammenarbeiten sollen – und ich hoffe ja, dass wir das tun –, dann bitte keine Spielchen mehr.«

Anna streckte die Hand aus. »Keine Spielchen mehr«, sagte sie.

Dash zögerte. Durfte er ihr wirklich vertrauen, nach allem, was sie getan hatte? Aber Chris hatte Dash gesagt, dass seine Kraft für die letzte Mission nicht ausreichen würde. Was, wenn Anna ihn als Anführerin ersetzen musste? Er brauchte jemanden, der in der Lage war, harte Entscheidungen zu treffen. Und Anna hatte ja bereits mehrfach bewiesen, dass sie durchaus harte Entscheidungen treffen konnte.

Schließlich ergriff Dash Annas Hand und schüttelte sie kräftig. »Also gut«, sagte er. »Dann gehen wir jetzt mal rüber und sehen nach, ob sie uns ein bisschen Essen übrig gelassen haben. Piper hat schon ab und zu alle Kekse allein gefuttert, wenn man nicht schnell genug da war.«

Annas Augen leuchteten auf. »Ihr habt Kekse?«

Dash grinste. »Wer zuerst da ist.«

»Ich weiß nicht«, sagte Anna. »In deiner momentanen Verfassung ist das wohl kein faires Rennen, oder?«

Aber Dash war schon weg.

Anna lächelte. Zum ersten Mal seit sie denken konnte, würde sie jemanden gewinnen lassen.

Am nächsten Morgen saßen alle
um den großen Tisch im Fitnessraum herum und warteten
auf Chris. Dash sah auf die Uhr. »Normalerweise ist er äußerst
pünktlich«, versicherte er seinen neuen Mannschaftskameraden.
Ein solches Treffen war für die Alpha-Mannschaft ziemlich
ungewöhnlich. Wenn nicht gerade eine Menge Spezialtraining
nötig war, informierte sie Chris erst über ihre nächste Mission,
wenn sie ihrem Ziel erheblich näher waren. Dass er das Treffen so frühzeitig einberufen hatte, machte sie alle ein bisschen
nervös.

Als sie so warteten, bat Niko Piper, ihm nach dem Treffen den
Sanitätsraum zu zeigen. Dash wusste, dass es Piper Spaß machen
würde, ihre Aufzeichnungen mit jemandem abzugleichen. Ravi
und Gabriel feierten eine Supernerd-Party und diskutierten über
alte Videospiele, neuen Hightech-Kram auf dem Schiff, Fantasy-
Romane und wie sie einander im Schach und in PacMan besie-
gen würden. Siena saß still da. Dash sah ihr an, dass sie irgendeinen Gedanken wälzte. Anna und Carly hatten einander nur
mit einem bösen Blick und einem Grunzen zur Kenntnis genommen. Dash beschloss, dass das schon ein Fortschritt war.

Tatsächlich fühlte es sich beinahe an wie in alten Zeiten. Damals auf Basis Zehn waren sie alle Kumpels gewesen. Und beim Essen gestern Abend hatte Dash gespürt, dass dieses Gemeinschaftsgefühl allmählich zurückkehrte. Unwillkürlich begannen sie wieder, sich gegenseitig Geschichten zu erzählen und herumzuwitzeln. Niko hatte jedoch auch ganz ernsthaft eingestanden, dass er die neun Monate auf der Light Blade nur ausgehalten hatte, weil er immer meditierte, wenn er alleine war. Diesmal machte sich niemand über ihn lustig. Dash fragte Niko, ob er den anderen das Meditieren beibringen könne, und er bejahte. Aber vor dem Einschlafen hatte Dash nur noch einen Satz von Niko gehört: »Jetzt macht die Augen zu und entspannt euch.« Dash freute sich schon darauf, heute Abend ein bisschen mehr von Nikos Unterweisung mitzubekommen.

Endlich hastete Chris in den Raum. »Danke fürs Warten. Tut mir leid, dass ich zu spät komme.«

»Lass mich raten«, sagte Gabriel. »Es hat ein bisschen länger gedauert als geplant, bis du deinen bösen außerirdischen Klon abgefertigt hattest, oder?«

Chris sah überrascht drein, und das war für ihn allerhand – er zeigte nicht oft Gefühle. »Ja«, gab er zu. »Colin erweist sich als ziemlich schwierig.«

»Er ist der Meinung, dass er das Kommando übernehmen sollte, oder?«, fragte Anna. »Wahrscheinlich zerreißt es ihn beinahe, dass er so in einem Raum weggesperrt ist.«

»O ja«, sagte Piper. »Eingesperrt sein, das muss total schlimm sein.«

Anna wandte sich ihr zu. »Hey, ich habe schon gesagt, es tut mir leid.«

»Ja, hast du das?«, fragte Piper. »Irgendwie kann ich mich gar nicht daran erinnern.«

Die beiden starrten einander an, aber dann gab Anna nach. »Also gut, falls ich das doch noch nicht gesagt habe, sage ich es jetzt.«

Als Anna nichts weiter sagte, hakte Piper nach. »Und das wars?«

Anna ächzte laut. »Es tut mir leid! Es tut mir zehn Mal leid! Reicht dir das?«

Piper grinste. »Schon gut. Eigentlich hast du mir ja einen Gefallen getan.«

»Wie?« Anna und alle anderen sahen sie fragend an.

Piper nickte. »Genau. Letzte Nacht habe ich im Bett gelegen und darüber nachgedacht, wie froh ich bin, wieder auf meinem Schiff zu sein, bei meiner Mannschaft, bei Chris und STEAM und Rocket.« Sie machte eine Pause, beugte sich vor und kraulte den Hund hinter den Ohren. Seit ihrer Rückkehr war er ihr nicht von der Seite gewichen.

Dann fuhr sie fort. »Und plötzlich ist mir etwas klar geworden. Es war genau richtig, dass gerade ich zu euch rübergekommen bin. Niko war wegen der Stachlerspore schwer krank, aber meine guten Fachkenntnisse und seine gute instinktive Reaktion zusammengenommen haben ihn gerettet.«

Überrascht wandte sich Dash Niko zu. Er hatte nicht gewusst, dass der eine Spore abbekommen hatte. So ein Stich galt doch eigentlich als tödlich.

Und dann fuhr Piper fort: »Und jemand anders – also jemand, dessen Beine richtig funktionieren – hätte nicht bis zur Decke hochfliegen können, er hätte also nicht gemerkt, dass der Slogger Flüssigkeit verlor. Es wäre nicht möglich gewesen, die anderen frühzeitig zu warnen. Und als sie mich vergaßen, war ich auch die Einzige, die ohne Raumschiff durch den Weltraum fliegen konnte.« Piper lehnte sich in ihrem Stuhl zurück. »Es war Schicksal, dass ich vor Ort war. Vielleicht sollte ich mich bei dir dafür bedanken, dass du mir die Möglichkeit gegeben hast, euch zu helfen.«

Anna machte den Mund auf. Carly deutete mit dem Finger auf sie. »Wage es jetzt bloß nicht, ›gern geschehen‹ zu sagen.«

»Wer, ich?«, fragte Anna mit Unschuldsmiene.

Siena beugte sich über den Tisch zu Piper vor. »Kannst du mir das, was gestern passiert ist, jemals verzeihen? Diese letzten Minuten waren so wahnsinnig, alle sind losgerannt und Colin hat uns angebrüllt und es war kein Moment Luft zum Nachdenken. Ich weiß, das ist keine Entschuldigung«, fuhr sie fort, noch bevor Piper reagieren konnte, »aber es ist, als hätten Colin und Ike Phillips uns einer Gehirnwäsche unterzogen oder so etwas. Sie haben uns irgendwie davon überzeugt, dass ihr es nicht hinkriegen würdet, dass wir dafür verantwortlich waren, die Welt zu retten, koste es, was es wolle. Ich habe mich verwirren lassen.«

»Das ging uns allen so«, sagte Ravi mit fester Stimme. »Aber jetzt sind wir genau da, wo wir hingehören. Und wir werden alles wieder gutmachen, was wir verpfuscht haben. Auf der restlichen Mission könnt ihr auf uns zählen. Wir tun alles, um euch zu helfen.«

»Das ist gut«, sagte Chris. Er machte ein sehr ernstes Gesicht. »Denn auf dem Planeten Dargon ist kein Platz für Konkurrenzspielchen. Bevor wir gestern auf Gammageschwindigkeit geschaltet haben, konnte ich eine Nachricht an die Basis absetzen. Für den Rest der Reise werden wir zu weit von der Erde entfernt sein, um Nachrichten zu senden oder zu empfangen. Ich werde versuchen, unser Signal zu verstärken, aber ich würde mich an eurer Stelle nicht darauf verlassen. Ich hatte nur eine Minute, um Shawn, ich meine Kommandant Phillips, über unsere Situation kurz zu informieren. Zuerst machte er sich Sorgen, dass ihr unter einem falschen Vorwand hier sein könntet. Dass ihr versuchen würdet, unsere Mission zu sabotieren.«

Das Omega-Team protestierte. Chris hob die Hand. »Er vertraut euch, keine Sorge. Aber seinem Vater traut er nicht. Ich habe ihm versichert, dass ihr alle die besten Absichten habt, uns zu helfen. Es hat ihm von Anfang an nicht gefallen, dass er euch nicht alle acht losschicken konnte, und deswegen ist er jetzt ganz froh, dass ihr nun zusammenarbeiten werdet. Wenn wir unserem Zielpunkt näher kommen, werde ich euch darüber informieren, was dort von euch erwartet wird und wie ihr euch darauf vorbereiten könnt. Bis dahin arbeitet ihr daran, euch zu einer Mannschaft zusammenzuraufen.«

Als Dash das hörte, legte er seine Hand in die Mitte des Tischs. Nach kurzem Zögern legte Carly ihre Hand auf die Dashs. Dann tat Siena es ihr nach, gefolgt von Niko, Gabriel und Ravi. Piper schwebte näher, beugte sich vor und legte ihre Hand auf Ravis. Alle sahen Anna an. Diese hob ihre Hand, starrte dann zu Piper hoch, als bitte sie um Erlaubnis. Piper nickte kurz. Anna legte ihre Hand auf die von Piper.

Dash versuchte etwas zu sagen, was einem Anführer entsprach. Beinahe hätte er das wiederholt, was Shawn auf der Basis so oft zu ihnen gesagt hatte: Scheitern ist keine Alternative. Aber irgendwie spürte er einen Stich in der Magengegend, wenn er daran dachte. Es war zu viel Druck. Also sagte er stattdessen: »Alle in einem Boot.«

»Alle in einem Boot«, wiederholten die anderen.

»Gut.« Chris nickte zufrieden, als alle ihre Hände wieder wegzogen. »Heute Nachmittag lasse ich euch neue Uniformen auf eure Zimmer bringen. Ich vertraue darauf, dass ihr am besten wisst, wie ihr diesem Schiff und dieser Mission nützlich sein könnt. Schont eure Kräfte. Jetzt kommt die allerschwierigste Aufgabe, ein Kampf gegen eure schlimmsten Feinde.«

»Keine Sorge.« Gabriel zwinkerte den anderen zu. »Er sagt das jedes Mal.«

»Das stimmt gar nicht«, protestierte Chris, der gar nicht verstand, dass er gefoppt wurde.

»Ich bin mir ganz sicher, dass es nicht schlimmer sein kann, als einem Dinosaurier in der Größe eines Hochhauses einen Zahn zu ziehen.«

»Oder in einer abgedrehten Steampunk-Stadt Geschossen aus glühender Lava ausweichen zu müssen.«

»Oder Piraten, Thermiten und Predator Zs ausweichen zu müssen.«

»Oder Stachlersporen und mörderischen Sägezähnen.« Siena schauderte.

Gabriel grinste. »Ist euch schon aufgefallen, dass wir ganz schön häufig irgendjemandem ausweichen müssen?«

Alle lachten, nur Chris nicht. Er machte immer noch ein ernstes Gesicht. »Ich gebe zu, alle diese Missionen haben euch viel abverlangt. Aber in diesem Fall könnt ihr das Element nur bergen, wenn ihr drei verschiedene Lebensformen dazu bringt, mit euch zusammenzuarbeiten. Und glaubt mir, das wird nicht leicht.«

Einige Sekunden lang herrschte Schweigen, dann fragte Ravi: »Es gibt dort Werwölfe, oder?«

»Es sind keine Werwölfe«, sagte Chris.

Ravi tat so, als sei er enttäuscht.

»Dann sind es bestimmt Geister«, vermutete Siena.

»Riesige Marshmallow-Monster«, schrie Gabriel.

»Kommt schon, Leute«, sagte Anna. »Lasst Chris ausreden.«

»Danke, Anna«, sagte Chris. Aber noch bevor er weiterreden konnte, fügte sie hinzu: »Es sind Vampire, oder? Blutsaugende Vampire?«

Wieder lachten alle. Anna grinste.

Chris legte ächzend die Stirn auf die Tischplatte. »So wird das also mit acht Kindern an Bord.«

»Jugendlichen«, korrigierte Carly. »Wir sind inzwischen alle dreizehn.«

Noch bevor jemand darauf hinweisen konnte, dass alle bis auf Dash ihren dreizehnten Geburtstag an Bord gefeiert hatten, riss dieser die Unterhaltung schnell an sich.

»Tut mir leid, Chris. Wir werden uns Mühe geben, uns ein bisschen reifer zu benehmen. Oder, Leute?«

Alle grummelten gutmütig, stimmten aber zu.

»Und was ist jetzt so schlimm auf diesem Planeten?«, fragte Dash.

»Nun ja, ihr müsst frische Drachenschlacke sammeln. Dazu müsst ihr mit den verschiedenen Lebensformen auf diesem Planeten zusammenarbeiten. Zunächst mal sind da die Elfen, deren Vertrauen ihr gleich zu Beginn gewinnen müsst.«

»Elfen?«, wiederholte Ravi. »So was wie diese freundlichen, spitzohrigen Wesen aus den Wäldern?«

»Ja«, bestätigte Chris. »Ihr werdet sie als Verbündete brauchen. Glücklicherweise unterscheidet sich ihre Sprache nicht wesentlich von eurer eigenen, also werdet ihr für die Kommunikation mit ihnen den Übersetzungscomputer nicht brauchen.«

»Das klingt, als wäre es ein Kinderspiel«, sagte Ravi. »Was hast du noch zu bieten?«

»Oger«, sagte Chris.

»Süß!«

Alle wandten sich zu Gabriel um, als habe der den Verstand verloren.

»Was denn?« Er zuckte mit den Achseln. »Dieser Shrek aus dem Animationsfilm ist doch cool, oder?«

»Also genau genommen«, sagte Chris, »sind Oger schreckliche Ungeheuer. Wenn es ihnen einfällt, überfallen sie die friedlichen Elfen einfach, und sie würden alles tun, um in den Besitz von immer noch mehr Silber oder anderen Metallen zu gelangen. Sie sind grausam, böse und tückisch.«

»Das klingt äußerst sympathisch«, sagte Piper. »Dann sollten wir doch lieber einen Bogen um sie machen, was?«

Chris schüttelte den Kopf. »Dummerweise werdet ihr sie brauchen. Sie sind die Einzigen, die euch zu den Drachen führen können.«

Niko setzte sich sehr gerade hin. »Mann! Hast du gerade Drachen gesagt?«

Chris nickte. »Das ist die dritte und mit Abstand gefährlichste Lebensform, auf die ihr treffen werdet.«

»Cool!« Niko klatschte Gabriels und Ravis ausgestreckte Hände ab. »Du hast recht gehabt, Siena.«

Chris machte ein verwirrtes Gesicht. »Siena, hast du gewusst, dass wir auf Drachen treffen würden?«

Siena nickte. »Das ist so eine Begabung von mir. Ich kann in die Zukunft sehen.«

»Interessant!« Chris tippte in sein Mobile Tech Band. »Das stand gar nicht in deinem Persönlichkeitsprofil. Ich muss Shawn darauf hinweisen, dass er sorgfältiger arbeiten muss. Hat sonst noch jemand ein überraschendes Talent parat, das er bislang verschwiegen hat?«

Piper warf Niko einen Blick zu. Als sie ihm bei seiner Erkrankung nach dem Stachlerstich beigestanden hatte, war etwas sehr Merkwürdiges passiert. Niko hatte sich über Nacht vollkommen erholt, aber diese rasche Gesundung konnte sie unmöglich auf die Medizin zurückführen, die sie für ihn gebraut hatte.

»Ich mach doch nur Spaß«, sagte Siena. »Natürlich kann ich nicht in die Zukunft sehen. Niko interessiert sich sehr für Drachen und wir haben irgendwann mal darüber geredet.«

»Oh.« Chris war offensichtlich enttäuscht. Er griff wieder nach seinem MTB und drückte die Löschtaste.

Niko registrierte Pipers Blick, aber er senkte seinen eigenen Blick schnell auf die Tischplatte. Piper schüttelte den Kopf. Sie hatte festgestellt, dass Niko zu bescheiden mit seiner eigenen Begabung umging – wie es ihm gelungen war, seine eigene Genesung durch Akupressur zu beschleunigen, war einfach unglaublich. Als habe er magische Hände.

»Müssen wir sonst noch etwas über diese Mission wissen?«, fragte Dash. Ihm war klar, dass er nicht teilnehmen würde – er konnte nicht riskieren, dass sein sich ständig verschlechternder Gesundheitszustand die anderen gefährdete. Das war ein harter Schlag, aber hatte er eine Wahl? Er versuchte sich jetzt auf die Reise selbst zu konzentrieren, nicht auf ihr Ziel. Dafür blieb noch ausreichend Zeit. Noch bevor Chris antworten konnte, fügte Dash hinzu: »Ich würde jetzt gerne alle in ihre neuen Aufgaben an Bord einweisen.«

Chris zögerte. Über seine Geschichte mit den Elfen hätte er ihnen noch mehr erzählen können. Er sah sich am Tisch um – lauter besorgte Gesichter. Er seufzte. Warum sollte er ihnen die letzten Momente rauben, in denen sie sich relativ sicher fühlten? Sollten sie sich doch amüsieren, während sie ein letztes Mal in Gammageschwindigkeit flogen. Wenn sie die Quelle nicht herstellen konnten, würde Dash nicht der Einzige sein, der seine Heimat nicht wieder sah. Das gleiche Schicksal würde sie alle treffen.

Also schüttelte Chris den Kopf. »Ich wäre erst mal fertig.«

Die Jugendlichen sprangen auf, als sei ein Schultag zu Ende und sie seien entlassen.

»Eine Sache noch«, sagte er, ohne das vereinzelte Ächzen im Raum zu beachten. »Hier.« Er überreichte jedem der Omegas ein Mobile Tech Band. »Wir haben für die Alphas Ersatzcomputer an Bord, für den Fall, dass einer während der Missionen beschädigt wird. Ihr solltet die jetzt haben.«

Er zeigte ihnen, wie sie sich die Computer überstreifen und an den Umfang ihres Unterarms anpassen konnten.

»Megacool«, sagte Niko, der schon dabei war, seinen Computer so zu programmieren, dass er seinen Puls und seinen Herzschlag maß. »Danke.«

»Wir hatten so was Ähnliches«, sagte Anna. »Ein bisschen kleiner und nicht so komfortabel. Aber Colin hat uns nicht erlaubt, sie außerhalb der Missionen zu tragen. Er wollte nicht, dass wir hinter seinem Rücken miteinander kommunizieren.«

Dash stand im Hintergrund und beobachtete, wie alle mit ihren MTBs herumspielten. Chris trat zu ihm. »Zeit für deine Spritze«, sagte er mit ruhiger Stimme.

Dash warf noch einen Blick auf die Gruppe. Die Mitglieder der Alpha-Mannschaft zeigten den Omegas ein paar besonders coole Dinge, die man mit dem MTB machen konnte. Aber er musste jetzt aufhören, sie als Alphas beziehungsweise Omegas zu sehen. Sie waren jetzt eine Mannschaft. Eigentlich brauchten sie einen neuen Namen.

Niemand bemerkte, dass Chris und Dash aus dem Raum schlüpften. Rocket folgte ihnen auf den Fersen, als sie in Richtung von Chris' Privaträumen gingen.

»Hast du den Neuankömmlingen vom Problem mit deinem Alter erzählt?«, fragte Chris.

Dash schüttelte den Kopf. »Ich verspreche, ich werde es ihnen in ein paar Tagen sagen«, erklärte er. »Jetzt ist alles so neu für sie. Ich möchte nicht, dass sie denken, der Anführer, den Shawn ausgewählt hat, kann sie gar nicht anführen. Allerdings weiß Anna Bescheid. Sie ist von selbst draufgekommen.«

Chris nickte. »Ihr entgeht so gut wie nichts. Sie war eine mächtige Gegnerin und jetzt brauchst du sie als mächtige Partnerin.«

»Ich weiß.«

Chris öffnete die Tür, und noch bevor Dash reagieren konnte, griff eine Hand heraus, packte Chris am Hemdkragen und zerrte ihn nach drinnen. Dann war die Tür wieder zu.

7

Starr vor Schreck sah Dash auf die Tür. Was war hier gerade vorgefallen? Er versuchte den Griff zu betätigen, aber er rührte sich nicht. Rocket tapste gegen die Tür und kratzte daran. Er begann zu winseln und zu bellen, und das tat er sonst so gut wie nie. Chris hätte Rocket niemals einfach ausgesperrt, wenn er in der Lage gewesen wäre, die Tür zu öffnen … und das konnte nur eines bedeuten!

Dash hob den Arm, um die anderen zu Hilfe zu rufen, ihnen mitzuteilen, dass Chris in Gefahr war. Aber es stellte sich heraus, dass das nicht nötig war. Sie kamen schon alle den Korridor herunter auf ihn zugelaufen.

»Was ist los?«, fragte Carly, die zuerst bei ihm ankam. »Wir haben Rockets Gebell gehört.«

Wenn die Situation nicht so dramatisch gewesen wäre, hätte Dash vielleicht gelacht. Wer brauchte Hightech-Armcomputer, wenn er einen Hund hatte? Aber die Situation war dramatisch, also sagte er: »Colin hat Chris einfach gepackt und ihn in den Raum gezogen. Ich kann nicht rein.«

Anna versuchte die Tür zu öffnen, stemmte sich mit aller Kraft dagegen.

»Das hat keinen Sinn«, erklärte Gabriel. »Die einzige Person, die durch diese Tür rein oder raus kann, ist Chris.«

Dash räusperte sich. »Nein. Es gibt noch einen andern Weg. Ich bin ihn schon gegangen.«

Die anderen starrten ihn überrascht an.

Dash lehnte sich mit dem Rücken gegen die Wand, während er versuchte, seine Gedanken zu ordnen. Chris hatte ihn angewiesen, niemandem von dem winzigen Schiff zu erzählen, das die gesamte Cloud Leopard eigentlich antrieb. Und das unglücklicherweise gerade auseinanderfiel. Aber sicherlich hatte Chris niemals damit gerechnet, dass er selbst mit seinem bösen Klon in seinen Räumen gefangen gehalten würde.

Dash fasste einen Entschluss. »Piper, du musst mit Rocket hier diesen Eingang bewachen, ja?«

Piper zögerte einen Moment, dann nickte sie. Wenn Dash gerade sie für diese Aufgabe ausgesucht hatte, dann gab es dafür bestimmt einen Grund. Das reichte ihr.

»Kommt mit«, sagte Dash zu den anderen und rannte los, in den Sanitätsraum, der sich auf der anderen Seite des Flurs befand. Er wischte mit den Fingern über den Computerbildschirm an der Wand neben dem Röhrenportal und gab seinen Zielpunkt ein.

»Wir müssen hoch in den Gemeinschaftsraum. Dort erkläre ich euch alles.« Er sprang in den Röhreneingang. Nacheinander folgten ihm die anderen, bis sie im Fitnessraum alle wieder neben ihm standen.

»Sind wir jetzt nicht viel weiter weg?« Anna sah sich ratlos um. »Warum hast du uns hierher heraufgebracht?«

»Spuck's aus.« Gabriel verschränkte die Arme.

»Bevor wir auf Tundra gelandet sind, habe ich hier in den Röhren herumgespielt«, erklärte Dash. Seine Finger flogen über den Navigationsbildschirm neben dem Röhreneingang. »Und dabei habe ich eine neue Strecke entdeckt, die hier anfängt. Dadurch bin ich in einem Flur herausgekommen, der zu einer Tür führte. Die hatte ich noch nie gesehen.« Dash wurde klar, dass er ihnen jetzt noch gar nichts von dem winzigen Schiff hinter der Tür erzählen musste. Sie würden es ja selbst sehen.

»Colin sieht ja vielleicht genauso aus wie Chris«, sagte Anna mahnend. »Aber glaubt mir, so wie wir ihn kennengelernt haben, könnten die beiden nicht unterschiedlicher sein. Wir sollten uns beeilen.«

»Versuche ich ja«, sagte Dash. War er hinter der Bücherei rechts oder links abgebogen?

Gabriel trat neben ihn. »Wenn du diese Strecke schon mal genommen hast, musst du doch nur deinen alten Log-Eintrag aufrufen.«

Erleichtert folgte Dash Gabriels Tipp. Und da war die gesuchte Strecke, seine bisher längste.

»Hey, wann ist das denn passiert? Du liegst ja vorne!«, stellte Carly fest, als sie sich die Strecke ansah. »Und du hast uns das noch nicht mal unter die Nase gerieben.«

»Hätte ich irgendwann schon noch getan«, antwortete Dash. »Also gut, dann los. Keiner versucht in den Raum zu gelangen, bevor alle da sind.«

Alle nickten. Dash trat zur Seite. Einer nach dem anderen schwang sich in das Röhrenportal, nachdem er oder sie die gespeicherte Strecke abgerufen hatte. Unwillkürlich kreischten die Omegas, als sie durch die Schleifen und Loopings sausten.

»Wow«, sagte Ravi, als er am anderen Ende auf dem kühlen weißen Boden landete. »Wenn wir auf der Light Blade eine so geniale Einrichtung gehabt hätten, dann hätte ich vermutlich den ganzen Tag in diesen Röhren zugebracht.«

»Das tun wir manchmal«, gab Carly zu, die neben ihm gelandet war.

»Alles klar bei euch?«, fragte Dash, der als Letzter ankam. Die Omegas, die noch nach Luft schnappten, nickten. Gabriel und Carly drehten sich um sich selbst. Sie konnten es nicht fassen, dass sie auf ihrem eigenen Schiff einen ihnen unbekannten Ort erreicht hatten.

Dash führte sie zu der beinahe unsichtbaren Tür in der Wand und deutete auf den Metallstreifen, der als Griff diente. Gabriel streckte die Hand danach aus, aber Anna zog ihn zurück. »Warte! Wir brauchen zuerst einen Plan!«

»Wir müssen aber da rein!«, beharrte Gabriel.

»Anna hat recht«, sagte Dash. »Wir haben doch gelernt, dass man nicht unvorbereitet in den Kampf ziehen soll.«

Gabriel grummelte etwas, aber er senkte den Kopf.

»Meinst du denn, es gibt einen Kampf?«, fragte Siena.

»Hoffentlich nicht«, sagte Dash. »Ich habe allerdings keine Ahnung, wozu Colin fähig ist.«

Die Omegas wechselten vielsagende Blicke. »Ich würde deiner Planung zwanzig Sekunden einräumen«, sagte Niko. »Dann sollten wir auf jeden Fall reingehen, egal wie.«

Dash warf Anna einen fragenden Blick zu. »Du kennst Colin besser als wir alle, oder? Was meinst du, wie können wir am besten mit ihm fertigwerden, ohne Chris in Gefahr zu bringen?«

»Und uns selbst«, murmelte Ravi. Als alle ihn ansahen, hob er die Hände und sagte: »Was denn? Stimmt doch, oder?«

Siena verdrehte die Augen. »Aber das sagt man nicht«, flüsterte sie.

Anna dachte ein paar Sekunden nach. »Colin kann seine Pläne nicht so gut hinterm Berg halten, wie er glaubt. Uns allen war klar, dass er jeden Einzelnen von uns im Stich lassen würde, wenn es ihm nutzte. Aber er versucht das zu vertuschen und tut dauernd so, als wären wir auf derselben Seite, als würde er nicht das Geringste gegen uns im Schilde führen.«

Dash dachte darüber nach. »Also gut, wie wäre es damit: Wir tun so, als hätten wir uns verirrt und diese Tür gerade erst gefunden. Chris weiß natürlich, dass das nicht stimmt, aber er wird hoffentlich einfach mitspielen. Wir tun so, als wäre alles normal. Wenn Colin nicht vermutet, dass wir hinter ihm her sind, ist er vielleicht unvorsichtig. Dann können wir ihn umstellen und Chris irgendwie zur Seite schieben, damit ihm nichts passiert.«

»Und dann?«, fragte Gabriel.

Niko duckte sich tief und hob die Handflächen vors Gesicht. »Dann attackieren wir ihn von allen Seiten – wir haben ja schließlich jede Menge Kampfsporttraining gehabt.«

Die anderen nahmen verschiedene geduckte Haltungen ein – Taekwondo, Karate, Krav Maga. Sie waren bisher nur viel zu riesigen Ungeheuern begegnet, sodass ihre ganzen Nahkampfkünste noch gar nicht zum Einsatz gekommen waren.

»Ich hätte schon Lust, meine Krav-Maga-Technik an einem Klon auszuprobieren«, sagte Ravi. »Aber was dann? Es sieht nicht so aus, als könnte Chris ihn einsperren. Er muss aus seinem Gefängnis, in das er ihn gesteckt hat, ausgebrochen sein.«

»Vielleicht hat er so eine Art Ein- und Ausschaltknopf«, sagte Carly. Sie probte ihren High Kick.

»Er ist doch kein Roboter«, wandte Gabriel ein.

»Das ist mir klar«, knurrte Carly.

»Also, sollen wir es so machen?«, fragte Anna. Sie schob Dash in Richtung Tür. »Es ist dein Plan. Du gehst vor.«

Dash holte tief Luft. »Dann los.« Er zog an dem dünnen

Metallstreifen und die Tür schwang auf, wie beim ersten Mal. Die anderen hielten sich dicht hinter ihm.

Überall waren ZRKs. Sie wirkten aufgeregt, brummten und zischten in alle Richtungen. Dash hatte schon lange nicht mehr so viele der kleinen Roboter an einem Ort gesehen. Er ließ seinen Blick rasch durch den Raum wandern, aber von Chris oder Colin war keine Spur zu sehen. Vermutlich schloss dieser Raum hier an jenen an, den Piper bewachte.

»Was ist das für ein Raum?«, flüsterte Carly. Sie betrachtete die hellen Lampen, die hohe Decke. Ihr Kopf schwirrte, als sie auszurechnen versuchte, wie dieser riesige Raum in ihrem Schiff versteckt sein konnte. Dann senkte sie den Blick und entdeckte das altertümlich wirkende Fluggerät, das mitten im Raum stand. »Ach du Schreck!«

Gabriel staunte. »Wie kann sich denn das auf unserem Schiff befinden, ohne dass wir davon gewusst haben?«, fragte er.

»Das erkläre ich später«, versprach Dash. »Jetzt müssen wir erst mal rauskriegen, wie dieser Raum mit dem verschlossenen Zimmer verbunden ist. Wir müssen Chris retten.«

»Das wird nicht nötig sein«, ertönte eine Stimme aus dem Inneren des kleinen Raumschiffs.

Dash erstarrte.

Alle duckten sich und nahmen die Haltung ihrer jeweiligen Lieblings-Kampfsportart an. So viel zum Thema Überraschungsangriff!

Auf der Seite des kleinen Raumschiffs öffnete sich quietschend eine kleine Tür und Chris spazierte heraus, dicht gefolgt von Colin. Zum ersten Mal sah die Alpha-Mannschaft Colin von Nahem. Chris und sein Klon sahen wirklich genau gleich aus, bis auf die Tatsache, dass Colin eine Brille trug.

Colin redete zuerst. »Tut mir leid, wenn ich dich vorhin an der Tür erschreckt habe. Ich konnte es einfach nicht erwarten, Chris etwas zu zeigen, was ich über dieses kleine Schiff hier herausgefunden habe.«

Chris nickte. »Ja, damit kriegt diese kleine Schüssel wieder richtig Power.«

»Aber was ist das für eine Schüssel?«, fragte Carly.

Da erklärte Chris allen das, was er Dash auch schon erzählt hatte. Es war das Schiff, mit dem er von seinem Heimatplaneten Flora bis zur Erde gereist war, und nun diente es als Antrieb für die Cloud Leopard.

Dash hörte nur mit halbem Ohr zu. Die anderen stellten Fragen über das Schiff, und er verstand, dass sie neugierig waren, aber nur vor wenigen Sekunden hatten sie doch einen Plan gehabt und das war nun alles hinfällig? Chris tat so, als seien er und Colin die allerbesten Freunde. Irgendetwas stimmte hier nicht. Dash ließ seinen Blick zwischen den beiden hin und her wandern. Wie konnten sie sich so ähnlich sehen und doch so verschieden sein?

Gabriel hatte wohl dasselbe gedacht, denn er sagte: »Chris, ich meine, ich möchte dir jetzt nicht zu nahetreten, aber hallo? Dieser Typ hier ist aus deiner DNA gemacht, deiner geklauten DNA, und dazu ausgebildet worden, für deinen Feind zu arbeiten. Ihr arbeitet doch jetzt nicht etwa zusammen, oder?«

Chris zuckte mit den Achseln. »Er ist ein Teil von mir, ob mir das gefällt oder nicht. Und ich muss zugeben, beim momentanen Stand unserer Mission sind zwei von mir besser als einer.«

Colin drückte die Brust heraus und sah dadurch aus wie ein Fußballspieler, der jetzt gleich mit seiner Trefferquote beim Elfmeterschießen prahlen würde. »Ich bin Chris 2.0«, sagte er mit selbstgefälligem Grinsen. »Schneller, schlauer und ich brauche keinen Schlaf.«

Chris' Lächeln wurde ein kleines bisschen schmaler. »Du musst nicht schlafen?«

Colin schüttelte den Kopf, der, wie Dash jetzt erkannte, ein bisschen größer und eckiger war als der von Chris. Vielleicht sahen die beiden ja doch nicht genau gleich aus.

»Los schon, Jungs«, sagte Ravi und wendete sich in Richtung Tür. »Wenn ich die beiden anschaue, kriege ich Gänsehaut. Los, wir sehen uns den Film an.«

Dash blieb reglos stehen, während die anderen den Raum nacheinander verließen.

»Kommt ihr?«, fragte Gabriel. »Wir wollen uns *Hüter des Universums* ansehen. Den hat sich Piper ausgesucht. Von den anderen kennen ihn manche noch überhaupt nicht. Kannst du dir das vorstellen?«

»Ich komme gleich nach«, sagte Dash.

»Ich auch«, sagte Anna.

Niko salutierte vor beiden. »Bringt Popcorn mit.«

»Frag einfach vorne an der Snack-Station danach«, sagte Dash. »Die befindet sich im Aufenthaltsraum neben der Wasserstation.«

»Warum überrascht es mich kein bisschen, dass eure Wände auch noch Popcorn herstellen?«, fragte Niko. Kopfschüttelnd ging er aus dem Raum.

Chris wandte sich an Colin. »Kannst du die Einstellungen am Gravitationsregler ohne mich abschließen?«, fragte er. »Ich muss den beiden ein paar Medikamente holen.«

Ohne eine Antwort abzuwarten, schob Chris Dash und Anna aus der Eingangstür direkt über den Flur in den Sanitätsraum. Ohne sich umzuwenden, wusste Dash, dass Colin ihnen nachsah.

»Meinst du, er geht uns nach?«, flüsterte Dash, als die Tür zum Sanitätsraum sich schloss.

»Er kann den Raum nicht verlassen«, antwortete Chris. »Meine Tür ist auf meinen Fingerabdruck programmiert, und Colin hat nicht denselben, auch wenn er mein Klon ist. Ich habe meinen nämlich verändert, als ich von seiner Existenz erfahren habe.«

»Du vertraust ihm nicht wirklich, oder?«, wollte Anna wissen.

»Bleib immer dicht bei deinen Freunden und noch dichter bei deinen Feinden«, antwortet Chris mit leiser Stimme.

»Puh«, seufzte Anna erleichtert. »Ansonsten hätte ich gedacht, dass Colin recht hat und du nicht besonders intelligent bist.«

»Bist du sicher, dass du weißt, was du tust?«, fragte Dash. »Ist es nicht gefährlich, ihn an deinem alten Schiff herumwerkeln zu lassen?«

»Ich glaube kaum, dass er irgendetwas tun würde, was die Rückkehr zur Erde aufs Spiel setzt. Wir müssen am Ende der Mission auf der Hut sein, damit er uns nicht reinlegen kann. Aber im Moment gehe ich davon aus, dass er auf unserer Seite ist.«

Dash sah sich um. »Und es macht ihm nichts aus, in deinem Raum zu bleiben?«

»Erst einmal«, sagte Chris, »überlasse ich ihm meine Privaträume. Ich selbst ziehe in mein altes Schiff. Da ist viel Platz – also, da ist genügend Platz – für eine Koje.«

»Du müsstest deinem Schiff eigentlich einen Namen geben«, sagte Dash. »Es verdient etwas Vornehmes, Kraftvolles, meinst du nicht?«

Anna stimmte zu. »Ja, genau. So etwas wie *Donnergroll* oder *Sky Wolf* oder *Freedom of the Stars*, oder ...«

»Es hat schon einen Namen«, gestand Chris und seine Wangen röteten sich.

»Und was für einen?« Dash war überrascht – er hatte noch nie gesehen, dass sein Freund erröten konnte. Normalerweise war seine Miene vollkommen ausdruckslos.

Chris murmelte etwas und wandte den Blick ab.

»Entschuldigung«, sagte Anna. »Wie war das noch mal?«

Chris wiederholte es, nur ein kleines bisschen lauter. »Es heißt Cloud Kitten. Also Wolkenkätzchen.«

Dash und Anna sahen einander an und platzten heraus.

Es tat ihnen beiden gut, zu lachen, und sie lachten länger, als eigentlich notwendig gewesen wäre. »Nicht unbedingt der kämpferischste Name.« Anna wischte sich eine Lachträne aus dem Gesicht. »Ich meine, für ein Schiff, das quer durchs Universum und wieder zurück gereist ist.«

»Das ist mir klar«, sagte Chris. »Aber Shawn hat ihm den Namen gegeben, als er noch ein kleiner Junge war, und es ist einfach dabei geblieben. Deswegen heißt der Raumtransporter Cloud Cat und das große Mutterschiff Cloud Leopard.«

»Ach so, ich verstehe.« Anna wurde erst jetzt klar, dass Chris zu dem Mann, den sie nur als Kommandant Phillips kannte, ein besonderes Verhältnis hatte. Es fiel ihr schwer, sich Phillips als kleinen Jungen vorzustellen.

»Dann wenden wir uns jetzt wieder dringenderen Problemen zu«, sagte Chris. Er drückte einen Knopf in der Wand und eine bislang beinahe unsichtbare Schublade sprang heraus. Sie enthielt die Metallkiste mit dem Serum, das Dashs Zellen vor der vorzeitigen Alterung schützte. Chris selbst verwendete ein ähnliches Biologicum, um sicher durch den Weltraum reisen zu können, aber weil seine Spezies so langsam und auf so einzigartige Weise alterte, war sein Serum anders und er hatte es bislang nur einmal einsetzen müssen. Hätte er rechtzeitig von Dashs zu hohem Alter gewusst, hätte er für den Jungen eine bessere Lösung entwickeln können. So jedoch waren er und Kommandant Phillips froh gewesen, dass sie rechtzeitig vor Beginn der Reise wenigstens diese Injektionen hatten bereitstellen können.

Dash schnappte sich die Spritze, die zuoberst auf dem schwindenden Stapel lag, und rammte sie in sein Bein. Bei all der Aufregung hatte er vollkommen vergessen, dass er heute Morgen keine bekommen hatte.

Chris hielt Dash die Kiste hin. »Jetzt wo Colin da ist, wäre es wahrscheinlich besser, du würdest wegen der Spritzen nicht mehr in meine Räume kommen. Du musst sie von jetzt an selbst aufbewahren.«

»Ich könnte sie dir verabreichen«, schlug Anna vor. »Es würde mir sicher Spaß machen, Dash jeden Tag ein bisschen anzupieksen.«

»Haha«, sagte Dash trocken. »Ich komme schon allein zurecht. Mein MTB wird mich daran erinnern, und wenn nicht, dann Piper.«

»Spielverderber«, sagte Anna.

»Jetzt saust mal los zu euren Freunden«, sagte Chris. »Versucht, es euch in den nächsten vier Wochen gut gehen zu lassen. Ich werde überwiegend in meinen Räumen bleiben und an meinem Schiff arbeiten … ich meine die Cloud Kitten. Jetzt, wo wir uns auf der letzten Etappe der Reise befinden, ist es umso wichtiger, dass nichts mehr schiefgeht. Wir können es uns nicht leisten, weiter Zeit zu verlieren, nicht einen einzigen Tag.«

Dash und Anna nickten. Sie traten hinaus in den Flur. Beide waren erleichtert, als sie feststellten, dass Colin nicht mehr in der Tür zu Chris' Raum stand.

»Sei vorsichtig«, sagte Dash beim Gehen zu Chris.

»Werde ich sein«, versprach dieser.

Als sie außer Hörweite waren, flüsterte Dash: »Cloud Kitten – das Wolkenkätzchen!«

Anna kicherte.

Dash nahm die Kiste unter den anderen Arm. »Ich glaube, ich habe dich noch nie kichern gehört, Anna Turner.«

»Wenn du es jemandem erzählst, streite ich es ab.«

Sie bogen in den Fitnessraum ab und nahmen die Treppe

zum oberen Stockwerk, damit Dash die Kiste mit den Spritzen im Jungenschlafraum ablegen konnte – mit der wertvollen Fracht unter dem Arm wollten sie lieber nicht durch die Röhren flitzen.

Auf halber Strecke zurück zum Aufenthaltsraum murmelte Anna: »Wolkenkätzchen!«

Und jetzt war Dash derjenige, der kicherte.

Normalerweise krochen die Wochen, in denen die Cloud Leopard in Gammageschwindigkeit

flog, im Schneckentempo dahin. Schließlich gab es nicht viel zu sehen. Draußen war nur der schwarze Weltraum, bis auf die kurzen Lichtstreifen, die erschienen, wenn das Raumschiff in unfassbarer Geschwindigkeit an einem Stern vorbeiflog.

Aber nun war alles anders. Nun hatten sie die vier Omegas an Bord und das Schiff brummte und sprühte vor Energie. Nachdem sie sich *Hüter des Universums* angesehen hatte (versehen mit Gabriels Endloskommentar), stellte die Gruppe fest, dass es viele klassische Science-Fiction-Filme gab, die längst nicht alle kannten. Also beschlossen sie, regelmäßige Kinoabende einzuführen. Jeder durfte aus dem scheinbar endlosen Archiv an Bord seinen persönlichen Film aussuchen und ihn den anderen zeigen. Da sie nun acht Mannschaftsmitglieder waren, würde das genau bis zur Ankunft auf Dargon dauern.

In den fünf Wochen, die bereits vergangen waren, hatten die Kinoabende sich zur beliebtesten Aktivität an Bord entwickelt, dicht gefolgt von den Wettrennen durch das Röhrensystem und den spannenden Duellen zwischen Anna und Gabriel, die im Flugsimulator Seite an Seite durch den Weltraum sausten (allerdings entwickelte Anna meistens einen solchen Ehrgeiz, dass sie sich im Nachhinein für so einige Schimpfwörter entschuldigen musste, mit denen sie Gabriel im Laufe des Fluges bedacht hatte).

Alle applaudierten, als nach Carlys Wunschfilm der Abspann lief.

»So«, sagte sie, während sie sich eine Träne wegwischte. »Jetzt kann keiner von euch mehr sagen, dass er noch nie *E.T.* gesehen hat. Hat er euch gefallen?«

Piper und die Jungs hatten den Film schon gekannt, aber Siena und Anna nickten und wischten sich die Tränen von den Wangen.

»Ich glaube, ich habe nicht mehr so geheult, seit ich in der vierten Klasse *Wilbur und Charlotte* gelesen habe«, sagte Siena.

»Nur schade, dass die echten Außerirdischen, denen wir unterwegs begegnet sind, nicht so knuffig waren wie *E.T.*«, sagte Dash. »Das hätte unsere Mission doch echt erleichtert.« Er schlüpfte in sein dickes Sweatshirt, und als er wieder hinsah, stellte er fest, dass alle anderen die Blicke von ihm abgewendet hatten. Hätte er es doch lieber erst im Schlafsaal angezogen! Er wusste, was sie dachten. Keiner wollte derjenige sein, der ihn darauf hinwies, dass es auf dem Raumschiff überhaupt nicht kalt war. Die ZRKs sorgten für eine perfekte Raumtemperatur und die Uniformen der Voyagers waren darüber hinaus mit einer besonderen Technologie ausgestattet, durch die sie sich an Bord immer wohlfühlen konnten.

Dass Dash eine zusätzliche Kleidungsschicht brauchte, um sich warmzuhalten, erinnerte alle an den Ernst der Lage: Egal, wie fröhlich sie während des Flugs in Gammageschwindigkeit waren – die Zeit war ihr Gegner. Oder besser gesagt: Dashs

Gegner. Als sie ein paar Tage unterwegs gewesen waren, hatte Dash Anna gebeten, Ravi, Niko und Siena über seinen Zustand zu informieren. Danach war er zuerst Ravi begegnet. Dieser hatte gesagt: »Harte Nummer, Mann«, und ihm verlegen, aber mit echtem Mitgefühl auf die Schulter geklopft. Siena hatte seine Hände fest gedrückt und ihm beim Abendessen ihre Portion Nachtisch zu ihm rübergeschoben. Niko hatte es am härtesten getroffen. Er wirkte wie betäubt bei dem Gedanken, dass ihr neuer Anführer das Ende ihrer Reise vielleicht nicht mehr erleben würde. Seit er es erfahren hatte, verbrachten er und Piper eine Menge Zeit im Sanitätsraum. Auch zu anderen Zeiten ertappte Dash sie dabei, wie sie miteinander flüsterten. Er tat so, als störe es ihn nicht, aber er fand es grässlich, bemitleidet zu werden.

Jetzt räusperte sich Carly. »Ich glaube, wir sollten jetzt alle mal schlafen gehen. Wer hilft mir beim Aufräumen?« Sie deutete auf die Knabbereien, die breit über den Tisch vor ihnen verteilt waren. In den meisten Popcornschüsseln lagen noch Maiskörner und von Sienas Muffins zeugten nur noch einige Krümel auf (und unter) dem Tisch.

»Ich mach das«, sagten alle wie aus einem Mund. Sie sprangen auf und machten sich daran, Schüsseln oder Teller oder Tassen aus dem Gemeinschaftsraum zu tragen. Dash runzelte die Stirn: Wieso waren sie denn alle plötzlich so auf Sauberkeit bedacht? Er wollte sie gerade darauf hinweisen, dass die ZRKs für sie putzen und aufräumen würden, aber die Decke und der verdunkelte Raum wirkten so einschläfernd auf ihn, dass er gähnen musste. Und dann war er schon weg.

Anna warf aus dem Flur einen Blick in den Raum.

»Er schläft«, flüsterte sie den anderen zu.

»Wenigstens hat er es diesmal bis zum Ende des Films geschafft«, sagte Piper. Sie sausten durch den Flur in Richtung Küche.

»Jetzt gehen wir noch mal alle unsere Aufgaben für morgen durch«, sagte Carly, als sie sich außerhalb von Dashs Hörweite befanden – es konnte ja schließlich sein, dass er aufwachte. »Ravi und Gabriel, habt ihr die Musik zusammengestellt?«

Ravi hielt den Daumen hoch. »STEAM hat es geschafft, auf die Liste von Dashs Lieblings-Songs zuzugreifen. Alles ist geladen, morgen rocken wir das Schiff!«

»Siena, Dekoration?«

Sie nickte. »Nach dem Mittagessen fange ich an, die Luftschlangen aufzuhängen. Piper hilft mir, damit wir auch in die hohen Ecken kommen.«

»Gut.« Carly nickte. »Anna, mit den Spielen alles klar?«

Anna nickte. Es war ihr Vorschlag gewesen, diesmal altmodische Spiele zu spielen, nichts Elektronisches. Da sie mit wenig Geld aufgewachsen war, hatte sie die Fähigkeit entwickelt, Spiele aus allem zu entwickeln, was im Haus so herumlag. Aber jetzt, wo Dashs Feier näher rückte, beschlichen sie doch Zweifel.

»Vielleicht sollten wir doch lieber das Übliche spielen?«, schlug sie vor.

»Warum denn?«, fragte Carly.

Anna zuckte mit den Schultern und murmelte: »Vielleicht sind meine Spiele ja doof und machen niemandem Spaß.«

Zu ihrer Überraschung schlug ihr Gabriel auf den Rücken. »Na so was, du sorgst dich ja um das Wohlergehen anderer Leute. Du machst wirklich Fortschritte!«

Im ersten Moment ärgerte sie sich, aber natürlich hatte Gabriel nicht unrecht. Sie straffte sich. »Hey, Leute, ich bin Anna 2.0!«

Alle lachten.

»Wir bleiben dabei – altmodische Spiele«, beschloss Carly. »Weiter. Siena und Chris bereiten Dashs Lieblings-Desserts zu. Niko und Piper, ihr beide habt uns immer noch nicht gesagt, was ihr plant.«

Die beiden tauschten einen Blick. »Wir geben dem Ganzen gerade noch den letzten Schliff«, erklärte Piper, während sie die letzten Popcornreste aus der Schüssel in ihren Händen kippte.

»Tut uns leid, wenn das nach Geheimniskrämerei klingt«, fügte Niko hinzu, erklärte aber nichts weiter.

Carly war sehr neugierig, aber sie drängte die beiden nicht weiter. Sie würde es ja sowieso bald erfahren. »Und ihr seid euch alle ganz sicher, dass Dash nichts von der Feier ahnt?«

»Ich bin mir ganz sicher. Er hat einen Horror vor seinem vierzehnten Geburtstag.«

Carly nickte. »Und gerade deswegen ist diese Feier so wichtig. Wir müssen daraus ein richtiges Fest machen, es geht nicht darum, dass …« Sie verstummte. »Es geht nicht darum, dass danach jeder Tag nur geliehene Zeit ist«, hätte sie beinahe gesagt. Aber alle wussten auch so, was sie dachte.

10

Am nächsten Morgen erwachte Dash in seinem eigenen Bett. Es war nicht das erste Mal, dass Chris ihn vom Sofa im Gemeinschaftsraum hatte herübertragen müssen. Anfangs war Dash das sehr peinlich gewesen. Dann hatte Chris etwas über Piper gesagt, was Dash nicht genau hatte hören können, aber der Sinn war ihm klar. Piper wusste, wann sie um Hilfe bitten musste. Es gefiel ihr bestimmt nicht, aber sie akzeptierte diese Tatsache als Teil ihres Lebens. Sie bedankte sich und das war's dann. Er würde versuchen, ihrem Beispiel zu folgen.

Er sah sich im Raum um und stellte fest, dass die anderen Jungs schon weg waren. Vermutlich hatten sie schon beinahe zu Ende gefrühstückt. Er wusste, dass er sich aufraffen musste, aber er konnte sich nicht überwinden, die Decke zurückzuschlagen. Ihm ging es eigentlich recht gut – körperlich zumindest. Morgens war es am besten, nachts am schlimmsten. Ja, er sollte jetzt aufstehen und die Zeit nutzen, in der er sich noch kräftig fühlte, bevor er unweigerlich wieder ermüdete. Er trainierte immer noch jeden Morgen im Fitnessraum. Aber das konnte seine zunehmende Schwäche nicht aufhalten. Nichts half dagegen. Die Injektionen erhielten ihn am Leben, aber inzwischen war das auch alles, was sie leisten konnten.

Vierzehn. So eine große Zahl. Er hatte nicht direkt damit gerechnet, dass er beim Erwachen auf ein Glückwunsch-Plakat an der Wand blicken würde oder so etwas, aber irgendwie hatte er doch erwartet, dass sich dieser Tag anders anfühlen würde. Vielleicht hatten die anderen seinen Geburtstag vergessen. Oder sie dachten, dass er nicht feiern wollte. Er selbst hatte ihn jedenfalls nicht erwähnt.

Es klopfte an die Tür. Endlich setzte er sich auf. Er schwang seine Beine über die Bettkante und schob sich die Haare aus den Augen. Er wartete. Bestimmt würde gleich einer der andern Jungs eintreten. Aber stattdessen klopfte es erneut.

»Herein«, sagte er.

Die Tür glitt zur Seite und zu seiner Überraschung entdeckte er Piper. Die Teppichfransen unter ihrem Stuhl wirbelten und wogten, als sie dicht darüber hinwegschwebte. Er konnte sich gar nicht daran erinnern, wann zum letzten Mal eines der Mädchen in den Jungenschlafraum gekommen war. Piper hielt sich eine Hand vor die Augen. »Alle anständig angezogen?«, fragte sie.

Er lachte. »Ja, schon. Ich muss dich allerdings warnen – hier herrscht ziemliches Chaos. Ich glaube, die ZRKs wollen uns mal eine Lektion erteilen.«

Sie ließ die Hand fallen und betrachtete den Boden, über den sich zusammengeknäulte Uniformen, Comichefte, Handtücher und irgendwelche Sportgeräte verteilten. »Upps. Ich glaube, du hast recht.«

»Und …?«, fragte Dash. »Hast du dich verirrt? In den Fluren hängen überall Pläne dieses Raumschiffs. Ich könnte dir eine Führung anbieten.«

Sie lachte. »Sehr witzig.« Dann wurde sie wieder ernst. »Ich bin hier, um nach dir zu sehen. Es ist ungewöhnlich, dass du dir eine Mahlzeit entgehen lässt.«

»Alles o.k.«, sagte er und sprang schnell auf, um das zu beweisen. Beinahe hätte er sich dabei den Kopf an Gabriels Bett gestoßen, aber Piper ging nicht darauf ein.

»Schläfst du öfters in deiner Uniform?«, fragte sie.

Er sah auf seine zerdrückte Kleidung herab. »Sieht so aus. Gibt es sonst noch etwas oder würdest du jetzt mal rausgehen, damit ich mich anziehen kann?«

»Du bist doch schon angezogen.« Sie verkniff sich ein Grinsen. Dann wurde sie erneut ernst. »Hast du dir schon deine Spritze gegeben?«

»Du bist ja schlimmer als meine Mutter!«, beschwerte sich Dash. »Ich bin gerade erst aufgewacht!«

Piper tappte mit dem Fuß und verschränkte die Arme. Er seufzte. Es war eindeutig: Sie würde nicht weggehen, bevor er sich die Injektion verabreicht hatte. Er musste sich eingestehen, dass er es genoss, so gut betreut zu werden. So war es leichter zu ertragen, dass die große Entfernung von der Erde jede Kommunikation unmöglich machte. Das war für sie alle eine große Belastung.

Er griff unter sein Bett und zog die Kiste mit den vorbereiteten Injektionen heraus. Der Anblick der wenigen verbliebenen Spritzen erinnerte ihn unglücklicherweise daran, wie schnell ihm jetzt die Zeit davonlief. Er schnappte eine der Spritzen, zog den Verschluss ab und stieß sich die feine Nadel ins Bein. Beim Verabreichen der ersten Injektionen hatte er erwartet, einen Energieschub im ganzen Körper zu spüren, aber er spürte überhaupt nichts. Allein die Tatsache, dass er immer noch da war, heute, an dem Tag, an dem ansonsten sein Leben im Weltall geendet hätte, zeigte, dass das Serum überhaupt eine Wirkung besaß.

Zufrieden wendete Piper ihren Stuhl und schwebte in Richtung Tür.

»Bist du dir sicher, dass du mir nichts anderes sagen wolltest?«, rief Dash ihr nach. »Überhaupt nichts?«

Wenn außer Anna und Chris noch jemand von Dashs Geburtstag wusste, dann war es Piper. Als Sanitäterin hatte sie es sich zur Aufgabe gemacht, so viel wie möglich über jedes Mitglied der Mannschaft in Erfahrung zu bringen.

Sie war schon an der Tür, sah sich noch einmal um. »Ach ja, genau, da war noch etwas. Ich wollte dir sagen, dass du dich beeilen solltest, sonst futtert Gabriel alle Pfannkuchen auf.«

Sie blinzelte ihm zu und verschwand im Flur. Dash feuerte ein Handtuch auf sie ab, aber die Tür hatte sich bereits hinter ihr geschlossen.

Als Dash ankam, war niemand mehr im Speisesaal. Nur ein Teller stand noch da. Jemand hatte ihn mit einer Serviette abgedeckt, auf der mit blauem Filzstift geschrieben sein Name stand. Er nahm die Serviette herunter und seufzte: ein kleiner Pfannkuchen und ein Stückchen Butter. Na schön, es war ja sowieso nicht gut, mit vollem Magen zu trainieren.

STEAM glitt in den Raum, SUMI hüpfte hinter ihm her. Die beiden Roboter waren nie weit voneinander entfernt.

»Hallo, Dash«, sagte STEAM. »Sollen wir dir ein bisschen Gesellschaft leisten?«

Dash schluckte den letzten Rest Pfannkuchen. »Bin schon fertig.« Sein Magen knurrte und er tätschelte ein bisschen verlegen seinen Bauch. »Vielleicht sollte ich die ZRKs bitten, mir noch etwas zu bringen.« Er legte den Kopf in den Nacken und sah zur Decke. Dort oben schwebten die ZRKs normalerweise herum, wenn sie nicht gerade mit Kochen oder Spülen beschäftigt waren. »Hm, merkwürdig. Ich glaube, ich habe noch nie erlebt, dass der Speiseraum ganz leer ist.«

»Der Raum ist nicht leer«, wandte SUMI ein. »Wir sind doch alle hier.«

»Ja, SUMI, schon«, sagte Dash geduldig. »Ich meine, die ganzen ZRKs sind offenbar weg.«

»Ich weiß!«, quiekte SUMI. Sie nickte eifrig. Dash fiel der Wackelkopf-Baseballspieler ein, der zu Hause auf seinem Schreibtisch stand. »Die ZRKs sind nicht da, weil sie alle gerade …«

STEAM streckte einen seiner Roboterarme aus und verpasste SUMI einen leichten Schlag auf den Kopf, noch bevor sie den Satz beenden konnte. Dash riss verblüfft die Augen auf, aber noch bevor er fragen konnte, warum STEAM das denn getan hatte, sausten die Roboter aus dem Raum.

»Das war jetzt merkwürdig«, sagte Dash in den leeren Raum hinein.

Er fand noch einen Rest Saft und einen abgepackten Eiweißriegel, der nach Pappe schmeckte. Er aß ihn trotzdem auf. Dann gab er rasch sein Ziel in das Pad am Eingang der Transportröhren ein und schwang sich in die Öffnung.

»Hä?«, machte er laut, als er an der Abbiegung, die zum Fitnessraum führte, einfach vorbeiflog. Er war sich ganz sicher, dass er sein Ziel richtig einprogrammiert hatte. Er tat das schließlich jeden Morgen und beherrschte es im Schlaf.

Er sauste durch Kurven und Schleifen und wurde schließlich wieder ins Freie gespuckt. Er landete auf dem Hintern in einem dunklen Raum. Er hörte ein lautes Brummen und machte drei schwach glimmende Punkte in der Ferne aus, aber das war alles. Hatte er schon wieder einen bislang verborgenen Bereich im Raumschiff entdeckt? Gerade als er wieder auf den Füßen stand, schaltete sich gleißend helles Licht ein. Er blinzelte. Er befand sich im Gemeinschaftsraum! Die Leuchtpunkte stammten von STEAM, SUMI und TULPE, die neben den Videospieltischen standen.

Noch bevor er die drei fragen konnte, was hier los war, lenkte etwas seinen Blick nach oben. Luftschlangen in allen Regenbogenfarben hingen in riesigen Schlingen von der Decke. Sein Unterkiefer klappte herunter, als er erkannte, woher das laute Brummen im Raum stammte: Es waren Hunderte – oder vielleicht Tausende – ZRKs, die über ihm in der Luft schwebten. Sie hatten sich mit ihren kleinen mechanischen Armen aneinandergehängt und bildeten auf diese Weise drei Wörter: *Herzlichen Glückwunsch, Dash.*

»O Mann«, sagte er. Er konnte sich gar nicht sattsehen. Mit dem MTB schoss er ein Foto davon. Diesen einzigartigen Anblick wollte er nie vergessen. Einen Augenblick später löste sich die Formation auf und die ZRKs schwirrten in alle Richtungen davon. Zurück blieben nur einige wenige, die summend in den Ecken des Aufenthaltsraums schwebten. Dash sah wieder nach unten und stellte fest, dass die Tischplatten sich unter Pizza und Hotdogs und gerösteten Marshmallows und so ziemlich all seinen Lieblingsspeisen aus der Heimat bogen. Die ganze Mannschaft sprang hinter dem langen Sofa hervor und alle schrien: »Überraschung!«

Dash ließ sich ächzend in die Sofakissen zurücksinken. Zumindest dieses eine Mal lag es nur an seinem vollen Bauch, dass er nicht mehr aufstehen wollte.

»Ich kriege keinen Bissen mehr runter«, sagte er, als Siena ihm den letzten Mini-Muffin reichte.

»Selbst gemacht«, erinnerte sie ihn. »Ich habe Unterricht genommen.«

»Ich habe schon vier davon gegessen«, beharrte Dash.

»Na gut.« Siena steckte sich den Muffin in den Mund. Sie stellte fest, dass sie eine zusätzliche Prise Salz hätte verwenden können, und beschloss, diese dem Rezept noch hinzuzufügen. Sie hatte festgestellt, dass sie sich beim Kochen entspannte.

Carly kam herüber und setzte sich auf die Tischkante. Sie hielt ein Tablet und einen Zettel in der Hand. »Ich habe die Spielergebnisse ausgerechnet«, verkündete sie, »und der Sieger ist…«

»Chris!«, riefen alle im Chor. Sie wandten sich um und betrachteten ihren außerirdischen Freund. Er hatte mit verbundenen Augen den Eselschwanz an genau die richtige Stelle der Pappfigur gespießt, hatte beim Sackloch-Spiel mit jedem Maissäckchen ins Loch getroffen, hatte mit seinen Zehen die meisten Murmeln aufgehoben, und sein Papierflieger war doppelt so weit geflogen wie die aller anderen.

»Ich?«, fragte Chris, der als Einziger überrascht war.

»Hast du dir verdient, Mann«, sagte Ravi. »Keiner kann dir das Wasser reichen.«

Chris zuckte ein bisschen verlegen mit den Schultern. »Ich kann auch nichts dafür, dass meine Spezies von Natur aus alles besonders präzise erledigt.«

Anna marschierte zu Chris hinüber, hob die Arme und legte ihm eine Kette aus Büroklammern um den Hals. Sie hatte eine runde Papp-Medaille daran befestigt, auf der in goldenen Sternchen-Buchstaben das Wort »Sieger« geschrieben war. Auf diese Bastelarbeit war sie ziemlich stolz. Alle applaudierten.

Chris hob die Medaille an und betrachtete sie genau. Dann sah er sich um, in die fröhlichen Gesichter seiner Mannschaft. Ihm wurde klar, dass er sie vermissen würde.

»Alles in Ordnung bei dir?«, fragte Piper, die ihn genau musterte.

Chris nickte. Er und Shawn waren sich einig gewesen, dass er den anderen seinen Plan, nach Flora zurückzukehren, besser nicht vor dem Ende der Mission mitteilen sollte, wenn es sicher war, dass die Kids sicher zur Erde zurückkehren konnten. Und momentan war er sich dessen gar nicht so sicher. Trotzdem schämte er sich furchtbar dafür, dass er ihnen nicht die Wahrheit sagte. Er sah wieder auf die handgefertigte Medaille um seinen Hals und hoffte, sie würden ihm verzeihen, wenn der Moment gekommen war.

Chris zog sich die Medaille über den Kopf und hängte sie Dash um. »Hier. Eine Tapferkeitsmedaille. Du bist hier der Tapfere, du solltest sie haben.«

Als Dash protestierte, sagte er nur: »Ich bestehe darauf. Betrachte es als Geburtstagsgeschenk.«

»Geschenke!«, rief Carly und schlug sich mit der Hand auf die Stirn. »Das haben wir ganz vergessen!«

»Na ja.« Piper schwebte näher heran. »Niko hat eins. Ein Geschenk, meine ich.«

»Absolut nicht nötig«, sagte Dash. »Dass ich hier bin, ist das allerbeste Geschenk überhaupt.«

»Ich glaube schon, dass du Nikos Geschenk haben möchtest«, sagte Piper. Sie streckte den Arm aus und klopfte Dash auf die Schulter.

Niko setzte sich auf die Couch und holte tief Luft. Er warf Piper einen fragenden Blick zu und sie nickte ermutigend. »Okay«, sagte er, dann verstummte er wieder und holte noch einmal tief Luft. Und noch einmal.

»Ähm«, sagte Dash. »Alles klar bei dir? Du brauchst mir wirklich nichts zu schenken.«

Als Niko immer noch nichts sagte, schwang sich Piper aus ihrem Stuhl und ließ sich auf der anderen Seite von Dash auf dem Sofa nieder. »Nikos Geschenk«, sagte sie, »ist die Gabe der Heilung.«

Dash sah von Piper zu Niko, dann wieder zu Piper. »Wie meinst du das?«

»Als ich auf die Light Blade kam, wäre Niko beinahe an Stachlergift gestorben«, erzählte Piper der ganzen Gruppe. »Anna hat vom Planeten irgendein Gegengift mitgebracht, aber ...«

»Das Zeug haben wir gesehen«, sagte Carly. »Colonel Ramos hat gesagt, es sei praktisch nicht zu gebrauchen. Aber es wäre wahrscheinlich clever gewesen, es trotzdem einzupacken, für alle Fälle.« In dem Blick, den sie Anna zuwarf, lag vielleicht zum ersten Mal überhaupt ein bisschen Anerkennung.

»Jedenfalls«, fuhr Piper fort, »ist durch das Gegengift Nikos Fieber ein bisschen runtergegangen, aber das Mittel war nicht auf den menschlichen Körper zugeschnitten, und deswegen war es für sich allein nicht stark genug, um das Gift vollständig abzuwehren.«

Niko streckte den Arm aus und drückte Pipers Hand ganz fest. Er wusste, dass er an dieser Stelle das Erzählen übernehmen musste. »Piper hat mich die ganze Zeit über meine Kindheit ausgefragt, nur damit ich weiterrede. Ich kann mich daran erinnern, dass ich total gefroren habe und dass ich davon erzählt habe, wie meine Mutter mir sagte, ich habe irgendwelche Heilkräfte.«

Er verstummte. Seine Freunde runzelten skeptisch die Stirn.

»Es ist nicht so, dass ich jemanden berühre und der würde dann sofort gesund«, fügte er schnell hinzu. »Na ja, so irgendwie. Meine Ururgroßmutter war so eine Heilerin. Damals haben die Leute im Dorf gedacht, sie könne zaubern, aber in Wirklichkeit war es nur Akupressur.«

»Akupressur?«, hakte Dash nach. »Was ist das?«

»Es ist eine besondere Therapieform. Im Grunde geht es darum, einen bestimmten Punkt am Körper ausfindig zu machen und Druck auf ihn auszuüben, um Schmerzen oder ein bestimmtes Leiden zu behandeln«, erklärte Niko. »Die Japaner nennen das Shiatsu.«

Chris zog sein Notizbuch heraus und fing wild an zu kritzeln.

Piper schaltete sich wieder ein, ihre Worte überstürzten sich. »Dash, Niko kann dir helfen. Ich weiß, es klingt verrückt, aber ich schwöre dir, Nikos Hände können richtig zaubern.«

Niko errötete.

»Er kann deine Spritzen nicht ersetzen«, fuhr Piper fort.

»Oder dir insgesamt mehr Zeit geben, aber er kann dir mehr Energie schenken. Wir haben zusammen mit meinen Beinen experimentiert. Ich werde nie in der Lage sein, sie zu bewegen, aber der Rest meines Körpers hat viel mehr Energie, und das bedeutet, dass ich viel mehr machen kann. Der einzige Nachteil ist, dass es nicht lange anhält. Aber wir haben gedacht, wenn er dich jeden Tag mit Akupressur behandelt, bis wir auf Dargon ankommen, hast du genügend Energie, um das Landungsteam zu begleiten.«

Dash starrte sie fassungslos an. Dann wandte er sich Niko zu. »Bist du sicher, dass das funktioniert?«

Niko nickte. »Ich bin mir sicher. Mit dir haben wir die größten Chancen auf Erfolg. Und außerdem«, fuhr er fort, »solltest du als Kapitän beim letzten Abenteuer anwesend sein.« Er warf den anderen einen fragenden Blick zu. Alle nickten zustimmend, nur Anna nicht. Sie zögerte eine Sekunde länger als die anderen, aber schließlich knurrte sie etwas und nickte ebenfalls.

Dash blickte sich im Raum um, sah seine Freunde an – Menschen, Außerirdischer, Roboter. Er wusste, dass sie Mitleid mit ihm empfanden, aber sie hatten aus dem heutigen Tag ein großes Fest gemacht. Carly hatte sogar Gitarre für sie gespielt, das tat sie sonst nie. Und nun hatten sie ihm wirklich einen Grund zum Feiern geliefert. Er grinste. »Wann fangen wir an?«

Die folgenden Wochen sausten schneller vorbei, als es den Raumfahrern recht war. Niko steckte all seine Energie in Dashs Heilbehandlung – und diese erwies sich als sehr wirksam.

Dash war sehr dankbar für die zusätzliche Energie, vor allem jetzt, wo Chris die Voyagers für die Aufgaben, die sie auf Dargon erwarteten, besonders hart trainieren ließ. Chris' Aufzeichnungen von seinem Besuch auf dem Planeten befanden sich in der Bücherei, und Siena und Carly verbrachten viel Zeit damit, alles über die Lebensformen, die das Landungsteam dort antreffen würde, in Erfahrung zu bringen. Sie hatten den anderen einige Gebräuche und Traditionen nahegebracht, sodass sie jetzt alle leichter das Vertrauen der fremden Wesen gewinnen konnten, wenn sie sich ihnen näherten. Besonders merkwürdig war beispielsweise, dass sie sich den Elfen rückwärts und pfeifend nähern sollten, um damit zu beweisen, dass sie in friedlicher Absicht kamen. Sie hatten viel Zeit mit Pfeifübungen zugebracht, bis Chris ihnen mitteilte, er bekäme davon Kopfschmerzen. Da ließen sie es sein.

Am Abend vor dem geplanten Austritt aus der Gammageschwindigkeit berief Chris eine Versammlung ein, um mit ihnen die letzten Einzelheiten durchzugehen. Die Mitglieder der Mannschaft waren an Bord des riesigen Schiffs so beschäftigt gewesen, dass sie sich selten alle zusammen in einem Raum befunden hatten, außer zu den Mahlzeiten und an den Kinoabenden. Dash hoffte, das Treffen würde nicht allzu lang dauern – heute war endlich er an der Reihe und durfte seinen Lieblings-Außerirdischen-Film vorführen.

Chris stand mit verschränkten Händen am Tischende. »Jetzt erzähle ich euch die Geschichte von meinem Besuch auf Dargon. Ich muss zugeben, vor den Landungen auf den anderen Planeten habe ich nicht unbedingt immer alles gesagt, was ich über sie wusste.«

»Das kannst du laut sagen«, knurrte Piper. »Besonders auf Meta Prime! Es wäre schon ganz nett gewesen, wenn wir gewusst hätten, dass du ein riesiges Videospiel gebaut und uns dann mittendrin ausgesetzt hast.«

»Moment mal – habt ihr das etwa nicht gewusst?«, fragte Anna.

Die Mitglieder des Alpha-Teams schüttelten die Köpfe und warfen Chris finstere Blicke zu.

»Nicht zu vergessen der Planet Infinity«, sagte Carly. »Es hätte auch nicht geschadet, wenn wir darauf vorbereitet gewesen wären, dass man uns dort vielleicht zu Dauergästen erklären könnte.«

Dash hüpfte auf seinem Stuhl. »Und auf Aqua Gen! Also, diese Thermiten waren viel bösartiger, als du …«

Chris hob die Hand. »Okay, okay, ich hab's verstanden. Einiges war mir ja auch neu. Und die anderen Dinge, na ja, ich wusste eben nicht immer, ob es euch eher helfen oder eher schaden würde, wenn ihr zu viel über meine eigenen Erlebnisse wisst. Es hätte euch auch von eurer Aufgabe, die Elemente ausfindig zu machen, ablenken können. Aber diesmal müsst ihr die ganze Geschichte kennen, sonst könnt ihr das Element unmöglich in euren Besitz bringen. Die grobe Lage kennt ihr ja schon – die Oger, Elfen und Drachen, die diesen Planeten bewohnen.«

Sie nickten, lehnten sich in ihren Sesseln zurück und warteten ab.

»Als ich Dargon vor ungefähr hundert Jahren besucht habe, haben die Oger die Elfen ständig angegriffen, haben nur so aus sportlichem Ehrgeiz ihre uralten ausgehöhlten Bäume angezündet. Diese Bäume sind nicht nur Mittelpunkt ihrer ganzen Kultur, sie dienen ihnen auch als Wohnung. Aber die Oger schaffen es alleine gar nicht, die Bäume anzuzünden – dafür reizen sie die Drachen so lang, dass sie mit ihrem feurigen Atem die Bäume in Brand setzen.«

Carly hob die Hand. »Also waren gar nicht die Drachen daran schuld, dass die Bäume verbrannt sind? Es waren eigentlich die Oger?«

Chris nickte. »Allerdings haben die Elfen es ihnen mit gleicher Münze heimgezahlt. Man kann es ihnen nicht wirklich vorwerfen. Das Element, das ich gebraucht habe – das ihr nun auch besorgen müsst –, besteht aus der Schlacke einer verbrannten Baumwurzel. Die Elfen waren nicht bereit, sich auch nur von einem Stück ihres Baums zu trennen, bis ich ihnen einen Plan vorgelegt habe, den sie nicht ablehnen konnten.«

Alle beugten sich jetzt gespannt in ihren Sesseln vor.

»Während meines Aufenthalts auf dem Planeten hatte ich entdeckt, dass die Oger sehr empfindlich auf bestimmte Klänge reagieren. Es gab da einen Ton, der sie in eine Art Trance-Zustand versetzte. Es hat Wochen gedauert, aber ich habe es geschafft, ein spezielles Horn zu konstruieren, das genau den Ton erzeugte, den ich brauchte. Wenn man den Ton einmal blies, schliefen alle Oger, die ihn hörten, sofort ein. Derselbe Ton weckte sie dann später wieder auf. Mein Plan war, die Oger mit dem Horn in Schlaf zu versetzen und den Elfen dann das Horn zu überlassen. Sie sollen gut darauf aufpassen. Natürlich waren die Elfen unheimlich froh darüber, dass sie nun ohne die Oger in Frieden leben konnten, aber sie mussten mir versprechen, darauf zu achten, dass das Horn nicht zerstört würde. Sie wissen, es wird der Tag kommen, an dem das Horn wieder erklingen muss... und dieser Tag ist morgen.«

»Also, habe ich das richtig verstanden?«, hakte Ravi nach. »Die Elfen sollen uns erlauben, das Horn zu benutzen und so die Oger aufzuwecken, und die sollen dann die Drachen so heftig ärgern, dass diese mit Feuer spucken und auf diese Weise die Häuser der Elfen in Brand setzen? Und dann machen wir uns einfach mit einem verkohlten Trümmerteil aus dem Staub?«

»Na, da kann doch eigentlich überhaupt nichts schiefgehen«, murmelte Gabriel vor sich hin.

Ohne Gabriels Kommentar zu beachten, nickte Chris Ravi zu. »Ja, das kommt ungefähr hin.«

Ravi sank in sich zusammen. »Na, das klingt ja nicht besonders spaßig.«

»Vor allem für die Elfen«, sagte Piper. »Wir müssen ihnen das Haus über dem Kopf anzünden.«

»Mir tun sogar die Oger ein bisschen leid«, gestand Siena. »Wer hat dir das Recht gegeben, sie einfach so in Schlaf zu versenken? Verstehe das jetzt bitte nicht als persönlichen Angriff.«

Chris machte den Mund auf und klappte ihn wieder zu. Er seufzte. Dann sagte er: »Ja, ich verstehe schon, was du meinst. Aber diese Oger waren wirklich eine Plage. Meine Handlung hat Frieden ins Land gebracht und zweifellos vielen Elfen das Leben gerettet. Nicht zu reden von den uralten Bäumen.«

Carly erhob sich und fing an, im Raum hin und her zu gehen. »Und wenn wir die ganze Sache mit den Ogern und den Drachen einfach überspringen und selbst einen der Bäume anzünden? Natürlich nur mit Erlaubnis der Elfen.«

Chris schüttelte den Kopf. »Glaub mir, wenn ich die Drachen aus der Gleichung herausnehmen könnte, würde ich das tun. Aber leider verfügen nur die Drachen über Feuer, das heiß genug ist, um die Bäume mit der Wurzel zu verbrennen, und nur die Oger können die Drachen finden. Einzig die Verbindung aus Drachenfeuer und dem Material in den Bäumen liefert das Element, das wir brauchen. Im günstigsten Fall wecken die Oger nur einen einzigen Drachen. Die sind Einzelgänger und hassen alles andere, was sich bewegt. Sie hassen sich sogar gegenseitig.«

Carly setzte sich seufzend wieder hin.

Gabriel tätschelte ihren Arm. »Es war einen Versuch wert«, sagte er.

»Und wenn die Elfen nicht wollen, dass wir das Horn blasen?«, fragte Dash. »Dann wäre das Spiel zu Ende, noch bevor es angefangen hat.«

»Mach dir darüber keine Gedanken«, sagte Chris. »Ich habe ihnen deutlich gesagt, dass ich eines Tages zurückkommen würde und dass wir die Oger noch einmal aufwecken müssen. Sie haben sich darauf eingelassen und ich habe ihnen dafür versprochen, dass ich nach meinem nächsten Besuch das Horn weit, weit von ihrem Planeten wegbringe und die Oger für immer schlafen werden. Ich habe die vollste Absicht, meinen Teil der Abmachung einzuhalten.«

»Du kommst also mit uns runter?«, fragte Dash.

»Ja. Ebenso wie im Fall von Infinity denke ich, dass es für euch von Vorteil ist, wenn ich an der Mission beteiligt bin.«

Die Mannschaftsmitglieder wechselten ratlose Blicke. Sie waren nicht davon überzeugt, dass es so einfach werden würde – und was war mit Colin? Sie konnten ihn doch nicht allein auf der Cloud Leopard zurücklassen. Man konnte nicht wissen, was er dann tun würde. Chris spürte ihre Zweifel. Er musste unbedingt dafür sorgen, dass die Stimmung nicht kippte. Also zwang er sich zu einem Lächeln.

»Es gibt ja auch positive Seiten. Zum Beispiel sind wir jetzt acht Mann …«

»Mann?«, riefen Siena, Anna, Carly und Piper im Chor.

Chris verstummte und betrachtete sie. »Ähm … acht Mann und Frau …?«

Carly und Siena rümpften die Nase.

Chris machte noch einen Versuch: »Acht Jungen und Mädchen? Acht Leute?«

»Besser.« Piper nickte. »Sprich weiter.«

»Also, wie gesagt.« Chris seufzte. »Eure Mannschaft ist größer als bei allen vorherigen Missionen. Und außerdem stehen euch auf diesem Planeten vier Tage zur Verfügung, also viel mehr als bei den anderen Etappen. Ich musste mehr Zeit einplanen, weil die Oger erst einmal hoch in die Felsen klettern und die Drachen suchen müssen. Sie bewegen sich ziemlich langsam.«

»Und wer gehört nun zum Landungsteam?«, fragte Carly. »Außer dir und Dash, meine ich.«

Chris warf Dash einen fragenden Blick zu, dann erst antwortete er. »Wir haben das sehr ausführlich besprochen. Uns wäre es recht, wenn Anna und Carly als stellvertretende Kapitäne in Dashs Abwesenheit an Bord bleiben würden. Carly wird den

Elementenfuser überwachen und ihn für die Drachenschlacke bereithalten.«

Carly nickte. Sie sah Anna nicht an. Die war in ihrem Sessel zusammengesunken.

»Ravi und Niko werden die Cloud Cat fliegen und dem Landungsteam auf dem Planeten alles Notwendige bringen. Außerdem wird Niko weiterhin seine Pflichten als Sanitäter an Bord wahrnehmen.«

Ravi und Niko boxten die Fäuste gegeneinander. »Das ist cool«, sagte Ravi. »Obwohl ich von allen natürlich am besten pfeifen kann.« Und das stimmte. Er konnte ganze Melodien hervorbringen, und die klangen wirklich wie richtige Lieder.

»Ich bin mir sicher, dass die Elfen uns auch ohne deinen musikalischen Beitrag freundlich empfangen werden«, sagte Siena.

Ravi grinste. »Vielleicht, vielleicht aber auch nicht.«

»Lasst uns weitermachen«, sagte Chris. »Piper wird mit Gabriel und Siena auf dem Planeten landen.«

Piper freute sich. Sie hatte die Landungen auf fremden Planeten schon schmerzlich vermisst.

Dash war froh, dass niemand sich über diese Einteilung beschwerte. Jetzt, mit so einer großen Mannschaft, war die Wahl schwergefallen.

Als Chris sich vom Tisch abwenden wollte, hielt Dash ihn auf.

»Du hast uns etwas verschwiegen«, sagte er.

Chris erstarrte. Ja, es stimmte, er hatte einige Dinge verschwiegen. Aber welches davon meinte Dash?

Dash zögerte. Noch vor einigen Wochen hätte er diese Frage nicht vor allen anderen gestellt. Aber nun fühlte er sich bei ihnen geborgen, und außerdem wollten sicher auch sie die Antwort hören.

»Du hast gesagt, wir brauchen für den Planeten vier Tage, aber ich habe auch nur noch Serum für vier Tage. Stimmt das?«

Chris nickte. Er entspannte sich, als ihm klar wurde, worauf Dash hinauswollte.

»Ich verstehe nicht ganz, wie wir in nur einem Tag nach Hause fliegen sollen«, sagte Dash. »Wir haben schließlich ein ganzes Jahr gebraucht, um hierherzukommen.«

»Ihr werdet für die Heimreise nicht einen Tag brauchen«, sagte Chris.

»Nein? Nicht?«, riefen die anderen durcheinander.

Chris schüttelte den Kopf. Er lächelte. »Ihr braucht nämlich nur eine Sekunde.«

Chris wanderte zurück zu seinem Raum, Rocket dicht auf den Fersen. In den letzten Tagen war ihm der Hund nicht von der Seite gewichen, als wüsste er, dass sich ihre Wege bald trennen würden.

Er ging im Kopf noch einmal durch, welche Informationen er den anderen gerade gegeben hatte, um sicherzugehen, dass er kein wichtiges Detail vergessen hatte. Hoffentlich hatte er deutlich genug beschrieben, wie die Quelle wirken würde. Er hatte versucht, es zu erklären: Sobald man die sechs Elemente miteinander vermischte, würden diese eine so unfassbare Kraft entwickeln, dass selbst ein winziger Teil davon genügte, um ein vierdimensionales Loch durch die Raumzeit zu stanzen. Das Raumschiff würde praktisch im Handumdrehen auf die Erde zurückkehren. Sie hatten alle so getan, als hätten sie es verstanden, aber andererseits hatten sie es eilig gehabt, weil sie ihren letzten Abend der Reise in Gammageschwindigkeit genießen wollten. Er konnte sich also nicht ganz sicher sein.

Er beschleunigte seinen Schritt. Es gefiel ihm nicht, dass er Colin so lange sich selbst überlassen sollte. Er hatte den Jugendlichen nichts davon erzählt, wie schwierig es gewesen war, den Klon in den vergangenen zwei Monaten in Schach zu halten. Mehr als einmal hatte er ihn dabei erwischt, wie er versucht hatte, das Kommunikationssystem so umzubauen, dass er Ike Phillips kontaktieren konnte. Und einmal war es Colin sogar gelungen, das Kraftfeld, das ihn in seinem Raum gefangen hielt, zu überwinden. Chris hatte es gerade nur in letzter Sekunde wieder einschalten können. Er war sehr froh, dass die Mission sich nun ihrem Ende näherte und er sich bald nicht mehr mit Colin herumschlagen musste.

Chris war beinahe an seinem Raum angekommen, als er spürte, wie sich in der Luft um ihn herum etwas veränderte. Es war kaum wahrnehmbar, eine kleine Verschiebung im Summton, der in Wänden und Böden vibrierte... ein so gleichmäßiger Ton, dass niemand ihn mehr beachtete. Bis er verstummte.

Chris rannte los.

Im Mannschaftsraum machten es sich die Mitglieder der Mannschaft in den Sofas gemütlich. Heute würden sie den letzten Film dieser Reise sehen. Während die ZRKs noch ein- und ausflogen und Schüsseln mit Knabbereien auf den Tisch stellten, nutzte Siena die Gelegenheit. Sie zog Dash zur Seite.

»Ich frage mich nur«, fing sie an, dann zögerte sie. Dash und die anderen waren von Anfang an freundlich zu ihr gewesen, aber es ließ sich nicht leugnen, dass sie sich für ihre Handlungen als Mitglied der Omegas auf der Light Blade schämte. Deswegen war sie zurückhaltender gewesen als die anderen. Jetzt holte sie tief Luft und setzte noch einmal an. »Ich frage mich nur, warum du mich für das Landungsteam ausgesucht hast. Ich meine, ich will natürlich mitkommen, klar.«

Dash antwortete, ohne zu überlegen: »Du bist schnell, du bist klug und du kannst gut mit dem Degen umgehen.«

Sie starrte ihn überrascht an. »Du weißt, dass ich fechte?«

Sie hatte manchmal nachts mit Simulatorprogrammen trainiert, während die anderen schliefen. Es beruhigte sie und sie fühlte sich danach kräftiger.

Er lächelte. »Es ist zwar ein großes Schiff, aber so groß auch wieder nicht.«

Sie erwiderte sein Lächeln, zuerst vorsichtig, aber dann voller echter Zuneigung. Zum ersten Mal seit langer Zeit freute sie sich darauf, gebraucht zu werden.

Plötzlich hallte die Stimme von Chris durch das Schiff: »Haltet euch fest! Wir verlassen die Gammageschwindigkeit in zehn Sekunden. Neun ... acht ...«

Es blieb keine Zeit, um nachzufragen, was los war. Mit wild klopfenden Herzen hasteten die Alphas und Omegas hinüber zu den Simulatoren und schnallten sich jeweils zu zweit an. Die Roboter, die nie einen Kinoabend versäumten, klammerten sich mit den Armen an der Verankerung der Sitze fest. Piper steuerte ihren Stuhl neben Dashs Sessel und er legte den Gurt um sie. Gerade hatte er ihn eingehakt, als Chris' Stimme verkündete: »Null! Fertig machen für die Bremsung.« Das Schiff schleuderte und schüttelte sich heftig. Es dauerte eine gefühlte Ewigkeit, bis es kreischend zum Stillstand kam. Ihre Köpfe flogen gegen die Kopfstützen, der eine oder andere stöhnte laut.

Dash löste seinen Gurt. »Alles in Ordnung bei euch?«, rief er.

Ein Ächzen und schwache »Ja«-Rufe waren die Antwort.

Dash checkte die Mannschaft schnell durch. Sie alle waren blass und mitgenommen, aber unversehrt.

»Ihr habt recht gehabt.« Anna rieb sich das Genick. »Die Bremsung nach der Gammageschwindigkeit war deutlich unangenehmer als die Beschleunigung.«

Dash drückte mit zitternden Fingern sein Mobile Tech Band. »Chris? Bitte kommen! Warum fliegen wir schon nicht mehr in Gamma? Was ist passiert? Sind wir schon vor Dargon angekommen?« Er wartete auf eine Antwort, aber es herrschte Schweigen. Die Jungen und Mädchen wechselten angstvolle Blicke.

Dash machte noch einen Versuch. »Chris! Kannst du mich hören?«

Immer noch Stille. Der Aufenthaltsraum besaß kein Fenster, daher konnten sie nicht nachsehen, ob der Planet unter ihnen lag oder nicht.

Endlich erwachte der Sprechfunk knisternd zum Leben.

»Mannschaft zum Steuerdeck«, sagte Chris nur, dann war die Verbindung wieder unterbrochen. Es dauerte eine Sekunde, bis sich die Jugendlichen wieder rühren konnten.

Sie hatten schon erlebt, dass Chris' Stimme besorgt klang.

Aber noch nie hatte sie hoffnungslos geklungen.

»Ich kapier das nicht.« Vor dem langen, ge-krümmten Fenster, durch das man momentan nur in den schwarzen Weltraum sah, ging Dash auf und ab. Da war keine Sonne, da war definitiv kein Planet Dargon. »Wie hat Colin das geschafft?« Er fuhr sich mit den Fingern durch die Haare, immer und immer wieder, bis sie gerade von seinem Kopf abstanden. Wenn seine Mutter das getan hatte, hatte ihn das üblicherweise beruhigt. Aber jetzt funktionierte es nicht. Die anderen trabten mit ihm mit.

»Ich weiß es nicht«, gestand Chris. Er saß auf seinem Stammplatz auf dem Flugdeck, mit hängenden Schultern und ausdrucksloser Miene. »Er muss das mit Ike zusammen ausge-heckt haben.«

»Er ist zur Erde durchgekommen?« Carly blieb so plötzlich stehen, dass Anna gegen sie prallte und Ravi seinerseits auf Anna prallte.

»Vielleicht.« Chris klang deprimiert. »Oder vielleicht hatten sie das von Anfang an so geplant.« Er hielt sich den Kopf mit beiden Händen. »Er hat mein Gedächtnis benutzt, mein eige-nes Wissen. Er wusste, wir würden hier festsitzen.«

»Es ist nicht deine Schuld«, sagte Dash. »Ike und Colin konnten wirklich nicht wissen, dass die Light Blade in Brand geraten würde. Und du hast Colin ja nicht geschaffen. Du bist ebenso eine Spielfigur in diesem ganzen Plan wie wir alle.« Kaum hatte er die Worte ausgesprochen, hätte er sie gerne zurückgenommen. Chris war deutlich anzusehen, dass er ihn verletzt hatte.

»Fühlt ihr euch denn so?«, fragte Chris. Er sah sich im Raum um. »Habt ihr das Gefühl, ihr werdet manipuliert und ausgetrickst?«

Sie tauschten fragende Blicke, dann schwebte Piper auf Chris zu. »Vielleicht am Anfang«, gab sie zu. »Zum einen ist uns gesagt worden, wir müssten auf einem Planeten landen, nicht auf sechsen.«

Chris seufzte. »Ich weiß. Wir haben befürchtet, niemand würde sich auf die Mission einlassen, wenn er wüsste, wie gefährlich sie in Wirklichkeit ist. Eure ganze Welt ist nur noch wenige Jahre von völliger Dunkelheit entfernt. Wir mussten abwägen, ob es besser war, euch diese Information vorzuenthalten und dafür mit der Quelle zurückzukehren.«

»Es muss uns nicht gefallen, aber wir verstehen das«, sagte Dash. Chris sollte sich wieder auf das gegenwärtige Problem konzentrieren. »Und wo ist Colin jetzt?«

»Todesgriff des Vulkaniers?«, riet Ravi.

Chris starrte ihn verständnislos an, dann schüttelte er den Kopf. »Wieder in meine Räume eingeschlossen.«

»Also gut. Was bedeutet es für die Mission, dass wir zu früh aus der Gammageschwindigkeit abgebremst haben?«, fragte Dash.

»Können wir nicht einfach wieder in Gamma gehen?«, schlug Ravi vor.

Chris schüttelte den Kopf. »Wir haben nur genügend Material für einen Gammasprung zwischen zwei Planeten. Deswegen hätten wir die Quelle gebraucht, um nach Hause zu kommen. Trotzdem habe ich einen Neustart versucht, als das Schiff sich abgeschaltet hat.«

»Wie schnell kann dieses Schiff mit seinem eigenen Antrieb fliegen?«, fragte Anna.

»Ehrlich gesagt nicht besonders schnell«, gab Chris zu. »Es war nie so gedacht, dass die Cloud Leopard längere Strecken in normaler Geschwindigkeit zurücklegt. Bis jetzt ist es nur von der Erde zu der Stelle geflogen, an der wir an Bord gegangen sind. Unsere Entfernung von Dargon ist aber viel größer.«

Gabriel trat von der Steuerung weg, die er seit dem Moment, in dem sie oben angekommen waren, genau unter die Lupe genommen hatte. »Nach meinen Berechnungen bräuchten wir etwa drei Tage bis Dargon. Wenn wir dieses Ding in Bewegung setzen können…« Er verstummte. Alle kannten die Antwort. Sie hatten keine drei Tage zur Verfügung.

Anna wandte sich Chris zu. »Ihr habt etwas vergessen. Vor euch stehen ein paar der erfindungsreichsten Geister dieser Generation. Und dazu noch ein paar äußerst clevere Roboter. Ihr müsst diesen ganzen Mist jetzt mal abschütteln und euch konzentrieren. Wie viel Zeit brauchen wir auf Dargon mindestens, um das Element zu kriegen?«

»Vier Tage«, murmelte Chris.

Anna wiederholte die Frage, diesmal sehr betont.

»Zwei?«, bot Chris an, ohne die geringste Zuversicht in der Stimme.

Anna wandte sich zur Mannschaft um. »Wir müssen unser Bestes geben und uns etwas einfallen lassen. Scheitern ist…«

»Keine Alternative!«, schmetterte die Mannschaft. Selbst die Roboter fielen mit ein.

»Genau.« Anna stemmte die Hände in die Hüften. »Wir haben maximal zwei Tage, um diesen Schrotthaufen zum Planeten Dargon zu bewegen. Also an die Arbeit.«

Jetzt verstand Dash, warum Ike Phillips Anna zur Kapitänin der Light Blade erwählt hatte: Sie mochte ja ziemlich herrisch und fordernd sein, aber jetzt, wo sie nicht mehr unter Colins und Ikes Kontrolle stand, erwies sie sich als äußerst kompetent.

Sie sorgte dafür, dass keiner in Panik geriet, jetzt wo sie in den kalten, dunklen Tiefen des Weltraums festsaßen. Natürlich gelang ihr das überwiegend dadurch, dass sie jedem das Wort abschnitt, der seine Angst und seine Zweifel äußern wollte, aber diese Methode verfehlte ihre Wirkung nicht.

Chris teilte ihnen mit, der restliche Treibstoff in den Tanks der Cloud Leopard reiche nur noch aus, um einen Tag näher an Dargon heranzukommen. Danach würden sie also noch zwei Tage einfach durch den Weltraum treiben. Es waren zwei Tage, die sie nicht hatten.

»Was ist eigentlich aus dem guten alten Reservekanister geworden?«, knurrte Ravi. »Alles auf diesem Schiff ist doppelt, wenn nicht dreifach vorhanden und der Proviant reicht wahrscheinlich noch für mindestens fünf Jahre. Da könnte man doch erwarten, dass jemand so weit gedacht hätte, dass man auch eine Treibstoffreserve mitnehmen muss.«

»Wir haben zehn Jahre gebraucht, um diese ganze Mission durchzuplanen«, erklärte Chris ein bisschen gekränkt. Dann seufzte er. »Aber ich verstehe, was du meinst. Wenn wir nächstes Mal eine Mission in die hintersten Winkel des Weltraums planen, um einen Planeten vor dem Erlöschen zu retten, werde ich Shawn daran erinnern.«

Carly stieß Chris in die Seite. »Sarkasmus steht dir gut.«

Alle grinsten. Es war nur ein kurzer fröhlicher Moment, aber das war besser als gar nichts. Sie teilten sich auf und gingen an die Arbeit.

Gabriel und Ravi nahmen die Triebwerke der Cloud Kitten in Augenschein. Sie waren davon überzeugt, dass sie mit weniger Treibstoff funktionieren konnte, als sie bisher verbraucht hatte. STEAM und SUMI rechneten aus, wie viel Material sie dazu benötigten, dem Schiff wenigstens einen ganz, ganz kurzen Schub zu verleihen.

Auch Carly hatte eine Idee. Jetzt, wo bereits so viele Elemente im Elementenfuser lagerten, konnten sie doch eine kleine Menge davon nutzen, um wieder auf Gammageschwindigkeit zu beschleunigen! Immerhin setzte sich ihr Treibstoff aus Elementen zusammen, die den eigentlichen Elementen möglichst nahekommen sollten, warum also konnte man sie nicht benutzen?

Aber Chris schüttelte den Kopf. »Wir brauchen alles, um die Quelle herzustellen. Wir können es uns nicht leisten, ein bisschen davon abzuzweigen. Es ist klar, dass wir jetzt keins der Elemente mehr ersetzen können.« Er hatte die letzten Jahrzehnte seines Lebens damit zugebracht, alles für die Bergung dieser Elemente vorzubereiten; niemals würde er zulassen, dass ihnen auch nur ein Teil verloren ging.

»Aber wenn wir nicht nach Dargon kommen, können wir die Quelle ja überhaupt nicht herstellen«, wandte Carly ein.

»Tut mir leid, aber die Antwort ist nein.« Chris fing wieder an, am Funkgerät herumzubasteln. Er hatte noch nicht ganz die Hoffnung aufgegeben, dass er Shawn erreichen konnte, ob-

wohl ihm klar war, dass Funkwellen nicht so weit reichten ...
oder jedenfalls nicht so rechtzeitig ankommen würden, dass es
ihnen eine Hilfe war.

»Ich finde ja, es ist eine gute Idee«, flüsterte Anna Carly
zu.

Carly wusste, dass Chris recht hatte. Sie brauchten alle
Elemente, um am Ende die Quelle herzustellen. Und dennoch
hatte sie für sich beschlossen, dass selbst winzigste Spuren von
nur drei Elementen schon eine Hilfe sein konnten. Wenn man
sie kombinierte, konnten diese drei Elemente das Raumschiff
zwar nicht auf Gammageschwindigkeit beschleunigen, aber ihnen so viel Schub verleihen, dass die Cloud Leopard schneller
vorankam.

Mit Annas und Sienas Hilfe extrahierte Carly ein hunderts-
tel Gramm Rapidentpulver, einen viertel Milliliter flüssiges
Metall aus TULPEs Bauch (diese kicherte, als ihr diese Probe
entnommen wurde) und ein Milligramm Nullkristall vom Planeten Tundra.

»So sollten die also aussehen«, murmelte Anna. Bewun-
dernd betrachtete sie die schimmernden Kristalle.

Siena brachte alle Proben ins Labor und analysierte sie sorgfältig auf ihre chemische Zusammensetzung. Dann trug sie das
Material vorsichtig hinunter zur Cloud Kitten.

Gabriels Augen leuchteten auf, als er die drei Elemente und
das Ergebnis von Sienas Analyse sah. Er gab die Daten in den
alten Computer des kleinen Raumschiffs ein, dann mischte er
die Elemente in den Treibstoff. Er rannte zurück zum Kontrollfeld, um die Anzeigen zu überprüfen. Die Nadeln zappel-
ten kurz, dann fielen sie wieder zurück auf null. Sie brauchten
einfach festeres Material.

»Na, fast hätte es geklappt«, sagte er und versuchte dabei optimistischer zu klingen, als er sich fühlte.

»Vielleicht kann Niko den Antrieb mit seinen magischen Heilkräften behandeln«, sagte Ravi und es war nur zum Teil ein Scherz.

»Wo ist Niko überhaupt?« Siena sah sich um. »Ich habe ihn seit Stunden nicht mehr gesehen.«

»Hier bin ich!« Niko kam in den Raum gelaufen. Keuchend streckte er seinen Arm aus. In der Hand hielt er eine Spielkartenschachtel.

»Ich glaube eher, wir haben jetzt keine Zeit für eine Runde Mau-Mau«, sagte Gabriel.

Niko schüttelte den Kopf. »Das ist meine Stachlerspore. Ich meine die, die ich abbekommen habe. Tage später habe ich sie gefunden. Sie hing im Futter des Hemdes, das ich während der Mission auf Infinity getragen habe.«

Aufgeregt griff Gabriel nach der Schachtel. »Und du hast sie aufgehoben?«

Niko nickte. »Ich dachte, sie wäre der perfekte Glücksbringer.«

»Na ja, auf der Light Blade hat sie uns nicht viel Glück gebracht«, murmelte Anna. »Aber alle Dinge verdienen eine zweite Chance, oder?« Und alle Menschen auch, dachte sie.

»Das ist perfekt!« Gabriel kippte die Schachtel, bis die winzige Kugel in ein enges Rohr fiel, das in mehreren Windungen in den Antrieb hineinführte. Sie prallte noch ein paar Mal klappernd gegen die Wände des Rohrs, dann war nichts mehr zu hören. »Eigentlich brauchen wir jetzt nur noch einen Katalysator«, sagte er. Seine Augen waren vor Müdigkeit ganz rot. »Irgendeine Flüssigkeit, durch die sich die Moleküle der einzelnen Elemente miteinander verbinden.«

Einige Sekunden lang war es still. Dann holte Piper tief Luft. »Was ist mit Dashs Serum?«

Alle wandten sich ihr erwartungsvoll zu.

Wenn sie es doch nicht aussprechen müsste! Wenn sie es sagte, würde es wahr werden. Aber innerlich hörte sie Chris' Stimme. Er hatte ihnen beigebracht, dass hohes Risiko gegen hohe Belohnung stand. Was war jetzt größer? Wie sollte sie das entscheiden? »Dashs Serum. Es könnte dein Katalysator sein. Du bräuchtest nur ein Röhrchen davon.«

»Aber das würde bedeuten, dass er noch einen Tag verlieren würde.« Carly spürte einen Knoten im Bauch. »Er hat nur noch drei.«

Piper schloss die Augen. »Ich weiß.«

»**Frag du ihn**«, sagte Anna drängend zu Piper. »Zwischen euch beiden besteht eine besondere Verbindung oder so etwas. Schon seit den Zeiten unten auf der Basis.«

Piper schüttelte den Kopf. »Ich kann das nicht. Carly, frag du. Du bist seine Stellvertreterin.«

»Auf keinen Fall.« Carly wandte sich an Gabriel. »Was ist mit dir?«, fragte sie. »Du weißt schon, so von Mann zu Mann.«

Gabriel trat von einem Fuß auf den anderen und sah sich im Raum um. »Ich bin für Niko. Er hat die nötige Ruhe, diesen Zen-Kram, das hilft ihm. Dash würde…«

»Niemand muss mich fragen«, ertönte Dashs Stimme aus dem Nirgendwo. »Ich mache das.«

Alle zuckten zusammen, wirbelten herum, bis ihnen klar wurde, dass die Stimme von Sienas Arm her kam.

»Leute?«, wiederholte Dash, als keiner antwortete. »Hört ihr mich? Ich habe hier eine offene Verbindung zu Sienas MTB.«

Carly räusperte sich verlegen. »Ich nehme an, dass du unser Gespräch gehört hast.«

»Jep«, antwortete die Stimme.

Alle sahen Siena anklagend an. »Tut mir leid«, flüsterte sie und schüttelte den Arm mit dem MTB. »Ich kenne mich immer noch nicht richtig mit dem Ding aus.«

»Dash«, sagte Piper. »Du musst das nicht machen. Wir finden eine andere Möglichkeit.« Sie warf Gabriel einen hoffnungsvollen Blick zu.

Er schüttelte den Kopf und formte mit den Lippen das Wort »nein«.

Piper verzog das Gesicht. »Na gut, dann finden wir vielleicht keine, aber das bedeutet nicht, dass du ...«

»Doch«, fiel ihr Dash ins Wort. »Das bedeutet es. Weißt du noch, was du gesagt hast? Du hast gesagt, egal wie schlimm das war, irgendwie war es Schicksal, dass du auf der Light Blade warst, als sie in Brand geraten ist, weil du deswegen die ganze Mannschaft retten konntest.«

Piper sah zu Boden. »Ja, aber ...«

»Das ist jetzt das Gleiche«, sagte Dash mit fester Stimme. »Das ist jetzt eine Sache, die nur ich tun kann. Wenn ich nicht an Bord wäre, oder wenn ich das Serum nicht brauchen würde, dann würden wir hier alle festsitzen.«

Piper antwortete nicht. Was sollte sie auch sagen?

Eine Minute später kam ein ZRK mit Dashs Injektion in den Raum geflogen. Gabriel entleerte die Flüssigkeit in den Trichter, verschloss den Zufluss zum Triebwerk fest und sagte: »Geht mal einen Schritt zurück.«

Piper flitzte rückwärts. »Warum denn?«, fragte sie.

»Weil es jetzt fast so heiß werden muss wie die Sonnenoberfläche.«

Während die Mannschaft daran arbeitete, das Schiff wieder in Gang zu bringen, ging Colin auf der kleinen Fläche von Chris' Raum auf und ab. Er hatte einen kleinen Triumph gefeiert, als er das Schiff aus der Gammageschwindigkeit abgebremst hatte. Er hatte nicht vor, die Mission vollständig zu sabotieren; er wollte sie lediglich so lange aufhalten, bis die Mannschaft ganz und gar geschwächt war. Dann konnte Colin als großer Held zur Erde zurückkehren. Der ganze Ruhm würde ihm zuteilwerden. Und später würde er entscheiden, was er mit Chris anfangen würde.

Momentan jedoch war Colin gefangen und er verabscheute die Gefangenschaft. Er riss ein paar altertümlich wirkende Bücher aus dem Regal und setzte sich, in der Absicht, die Seiten herauszureißen, auf einen Stuhl – er wollte einfach nur irgendetwas zerstören. Aber als er den ersten Band aufschlug, blieb sein Blick an einer Zeichnung hängen. Sie zeigte eine Pflanze, die Wala-nika hieß. Colin erkannte sie wieder. Er hatte gesehen, dass Chris eine Probe ihrer Blätter in seinem Koffer in seinem Raum aufbewahrte. Ohne nachzulesen, wusste Colin, dass die Pflanze aus den seichten Gewässern eines Planeten namens Flora stammte. Und dass sie tödlich wirken konnte. Aber woher konnte er das wissen? Ein Lächeln zuckte um Colins Mundwinkel.

Dass er Chris' Gedächtnis teilte, war bislang Segen und Fluch zugleich gewesen. Aber diese Erinnerung war Colin nun die allerliebste.

Fünfzehn Minuten später versammelten sich alle acht Mitglieder der Mannschaft auf dem Flugdeck. Als Chris erfahren hatte, dass sie den Treibstoff angereichert hatten, war seine Miene zunächst ausdruckslos geblieben, aber das war für ihn nicht ungewöhnlich. Er runzelte ein bisschen die Stirn und endlich gelang es ihm, seine Betäubung zu überwinden und nachzufragen: »Wie denn?«

Die Mannschaft tauschte unsichere Blicke, aber dann erzählte Carly die ganze Geschichte. Chris' Miene verfinsterte sich, als er erfuhr, dass sie die Elemente benutzt hatten. Carly versicherte ihm, dass der Vorrat noch immer für die Herstellung der Quelle reichte. Schließlich entspannte sich Chris. Er ging zu Dashs Sessel und legte dem Jungen die Hand auf die Schulter. »Jetzt weiß ich wieder, warum Shawn dich an die Spitze gestellt hat und nicht mich. Es tut mir leid, wenn ich an dir gezweifelt habe. An euch allen. Das Problem mit Colin habe ich auch nicht besonders gut geregelt. Ich hätte ihn gleich nach seiner Auskunft aus dem Verkehr ziehen sollen. Es ist nur … na ja, es fühlt sich … seltsam an.«

»Mach dir nichts draus«, sagte Ravi. »Wenn jeder von uns einen bösen Klon hätte, könnten wir wahrscheinlich alle noch schlechter damit umgehen.«

»Das heißt also, dass wir nur mit einem Tag Verspätung auf dem Planeten eintreffen?«, fragte Chris.

»Meinen Berechnungen zufolge, ja«, bestätigte Gabriel.

Chris nickte. »Ich bin mehr als nur stolz auch euch. Eure Taten werden in die Geschichte eingehen.« Er zögerte. »Dann müssen wir uns jetzt vollkommen auf die Mission konzentrieren.«

»Klar.« Dash sprang auf. »Wir stehen alle in den Startlöchern und sind zu allem bereit.«

»Und die Cloud Cat ist vollgetankt und startbereit«, fügte Gabriel hinzu. »Wir können losfliegen, sobald wir die Umlaufbahn von Dargon erreichen.«

»Nur wenn am Landeplatz gerade Tag ist«, mahnte Chris.

»Sollten wir nicht auf jeden Fall runterfliegen?«, fragte Anna. »Wir haben schon so viel Zeit verloren.«

Chris schüttelte den Kopf. »Ihr wollt die Elfen bestimmt

nicht im Schlaf überraschen, und die Oger natürlich erst recht nicht. Wir haben einen vollen Tag auf dem Planeten verloren, also müssen wir am Ende des dritten Tages alles für die Herstellung der Quelle in den Händen haben, sonst kommt Dash nicht rechtzeitig nach Hause.«

Piper holte tief Luft. »Also ehrlich gesagt… wir haben nur zwei Tage. Wir mussten eine von Dashs Spritzen dazu benutzen, eine Verbindung zwischen den Elementen herzustellen.«

Chris zuckte zusammen, als bereite ihm diese Mitteilung körperliche Schmerzen. Er schloss die Augen. Piper und Dash wechselten besorgte Blicke. Als Chris die Augen wieder öffnete, sah er Dash nicht mehr in die Augen.

»Ich entwickle einen neuen Plan«, sagte er mit ruhiger Stimme. »Ich lade ihn bis morgen früh auf eure MTBs. Ihr solltet noch eines wissen: Seit das Horn auf Dargon geblasen wurde, kreisen die Schallwellen einfach immer um den Planeten herum. Deswegen wachen die Oger nicht auf. Aber es kann auch sein, dass unsere Funksignale deswegen nicht durchkommen. Wir werden da unten eine Weile auf uns gestellt sein. Aber jetzt solltet ihr euren dringend benötigten Schlaf bekommen. Ich wecke euch, sobald wir ankommen. Gute Nacht.« Er verließ das Steuerdeck mit schnellen Schritten. Rocket trottete folgsam hinter ihm her.

»Kam mir das jetzt nur so vor?«, fragte Ravi. »Oder war er sauer?«

»Kam mir auch so vor«, sagte Carly.

»Wenigstens ist er nicht mehr im Zombiemodus«, sagte Dash. »Das war ziemlich gruselig.«

Piper schwebte in Richtung Tür. »Wir sollten lieber auf ihn hören.«

Keiner von ihnen konnte sich vorstellen, jetzt zu schlafen,

aber in dem Moment, in dem ihre Köpfe die Kissen berührten, waren sie weg. Sie kamen erst wieder zu sich, als sie aus den Betten geschleudert wurden.

»Was ist passiert?«, schrie Dash in sein MTB. Er klammerte sich mit aller Kraft an einem Bein seines Bettgestells fest, weil seine eigenen Beine unter ihm wegflogen. Die Metallkiste mit den letzten beiden Injektionen rutschte unter dem Bett hervor, verfehlte knapp Dashs Kopf und knallte stattdessen in seine Schulter. Gabriel und Niko waren aus den oberen Betten geschleudert worden und hielten sich jetzt mit aller Kraft am Teppich fest. Ravi hatte es geschafft, wieder auf sein Bett zu klettern, er hatte mit beiden Händen das Bettgestell gepackt.

»Haltet euch fest!«, dröhnte Chris' Stimme durch die Sprechanlage. »Das Schiff war nicht für den zusätzlichen Schub, den wir ihm gegeben haben, programmiert. Ich dachte, es würde uns mitteilen, wann wir die Umlaufbahn erreichen, aber offensichtlich doch nicht. Noch zehn Sekunden.«

So plötzlich wie es begonnen hatte, endete das Bocken und Schleudern des Raumschiffs.

Dash rieb sich die Schulter. »Bei euch alles klar?«

»Noch alles dran«, erwiderte Niko. Er wälzte sich auf den Rücken.

»Also, so kommt man morgens auch aus dem Bett«, sagte Gabriel.

Ravi setzte sich ächzend auf. »Na, da ist mir mein Wecker aber doch lieber.«

»Ich sehe mal nach den Mädchen«, sagte Dash. Als er den Flur betrat, hörte er etwas, was wie Weinen klang. Er klopfte heftig gegen die Tür.

»Herein!«, rief Anna.

Rasch drückte er auf den Knopf und die Tür glitt auf. Er hatte erwartet, die Mädchen in einer ähnlichen Lage zu finden, in der er die Jungen verlassen hatte. Stattdessen stellte er fest, dass sie alle an Pipers Stuhl hingen... etwa einen Meter über dem Boden! Was wie Weinen geklungen hatte, war in Wirklichkeit Lachen gewesen.

»Hat es aufgehört?«, fragte Carly, als sie ihn entdeckte.

Dash schüttelte verblüfft den Kopf. »Ja, hat aufgehört.«

Piper senkte ihren Stuhl ab und die drei Mädchen sprangen auf den Boden.

»Schön zu sehen, dass sich hier auch jemand amüsiert hat«, sagte Dash. »Mir war nicht einmal klar, dass dein Stuhl ein so hohes Gewicht tragen kann.«

»SUMI hat ihn ein bisschen umgebaut«, erklärte Piper. »Sieh mal, das kann er auch.« Sie drehte einen Knopf an der Armlehne des Stuhls. LED-Lichter blinkten rund um ihren Kopf und ein Beyoncé-Lied, das zur Zeit ihrer Abreise von der Erde gerade modern gewesen war, plärrte aus zwei Lautsprechern, die jeweils neben ihren Schultern angebracht waren.

»Sehr hübsch«, schrie Dash über den Lärm hinweg.

In diesem Moment kamen die anderen Jungs angerannt. »Ihr feiert hier eine Party und habt uns nicht mal eingeladen!«, beschwerte sich Ravi.

Jetzt betrat auch Chris den Raum, ließ die Szene auf sich wirken und stellte schnell fest, dass es keine Knochenbrüche gegeben hatte. »Wir sind in der Umlaufbahn von Dargon angekommen«, verkündete er. »Wir haben Glück, es ist noch früher Morgen da unten auf dem Planeten, also könnt ihr sofort landen. Aktualisierte Anweisungen habe ich euch auf die MTBs hochgeladen. Ihr solltet wissen, dass sich die Zusammensetzung der Mannschaft leicht geändert hat.« Die Jugendlichen sahen einander an. Was hatte das zu bedeuten?

»Überflüssig zu erwähnen«, fuhr Chris fort, »dass ihr jetzt weniger Zeit habt, um das Vertrauen der Elfen zu gewinnen, und noch viel weniger Zeit, um euren Plan in die Tat umzusetzen, wenn die Oger erst einmal aufgewacht sind. Ich würde euch raten, euch schnell anzuziehen.«

Chris wandte sich um und verließ den Raum.

Dash folgte ihm in den Flur. »Warte! Du kommst nicht mit uns mit, oder?«, fragte er.

Chris sah ihn nicht an. Er schüttelte den Kopf. »Es ist wegen Colin.«

»Was ist mit ihm? Ist er nicht in deinem Raum gefangen?«

Chris biss sich auf die Unterlippe. »Nein, ist er nicht.«

»Und wo ist er dann?«, fragte Dash.

»Das ist es ja. Ich habe keine Ahnung.«

Dash wusste nicht, was er sagen sollte. Wie konnte Chris keine Ahnung haben, wo Colin war? Das war übel. Ganz übel.

»Wie ist er rausgekommen?«, fragte Dash.

»Ich glaube, jemand hat ihm geholfen.«

»Geholfen? Wer denn?« Alle hatten zusammengearbeitet, sogar Anna. Dash konnte sich nicht vorstellen, dass irgendjemand Colin helfen wollte.

Chris antwortete nicht. Stattdessen sagte er: »Ich denke,

Anna sollte sich eurem Landungsteam anschließen – wenigstens, bis ich Colin gefunden habe.«

»Meinst du, Anna hat ihm geholfen?« Dash war schockiert. Andererseits – sie redeten hier über Anna. Sie hatte sich schon ein paar Mal als ziemlich hinterhältig erwiesen.

»Sag den anderen nichts«, riet Chris. »Ich bin mir nicht sicher. Ich brauche einfach ein bisschen Zeit. Sag allen anderen, sie sollen mit der Cloud Cat mitfliegen, um das Landungsteam dort abzusetzen. Die Zeit müsste mir reichen, um Colin zu finden.«

Dash sah Chris direkt in die Augen. »Das hoffe ich«, sagte er. »Sonst sind wir erledigt.«

Die Voyagers schlangen ihr Frühstück hinunter und sausten dann durch die Röhren in den Maschinenraum. Dash hatte seine letzte Spritze in seinen Rucksack gepackt und versuchte krampfhaft, nicht über sie nachzudenken. Stattdessen richtete er seine Gedanken auf die Bewohner des Planeten unter ihnen, die keine Ahnung hatten, dass sich ihr Leben gleich verändern würde.

Chris tat so, als wollte er allen die Möglichkeit geben, das Landungsteam zum Planeten hinunter zu begleiten. Dargon war der letzte Planet, den die Mannschaft jemals besuchen würde, erklärte er. Er hatte eine besondere Bedeutung, es war also anders als bei den anderen Planeten. Nur Dash kannte die Wahrheit.

»Ich habe noch eine weitere Überraschung für euch«, sagte Chris, als alle im Maschinenraum versammelt waren.

»Du hast versprochen, dass es keine Überraschungen mehr geben wird«, erinnerte ihn Dash.

»Die hier wird euch gefallen.« Chris führte sie durch den

höhlenartigen Maschinenraum am Elementenfuser vorbei und zu dem Bereich, in dem früher alle Transportmittel für die Planetenoberflächen gestanden hatten – die hatten sie größtenteils auf den verschiedenen Planeten zurückgelassen. Keiner der Mannschaft hatte seit der Rückkehr von Tundra einen Grund gehabt, hierher zurückzukehren.

»Hier seht ihr euer neues Planetenfahrzeug.« Mit großer Geste zog Chris ein Tuch von einem Gerät, das aussah wie eine Stahlkiste mit winzigen Fenstern und breiten Rädern. Dash klopfte mit den Fingerknöcheln gegen die Wand des Fahrzeugs.

»Sieht aus wie ein Panzer.«

»Das ist ein Panzer«, bestätigte Chris. »Aber ohne Turm und Geschütze. Die ZRKs haben in den letzten beiden Monaten daran gearbeitet.«

»Hätten sie nicht noch mal ein Luftkissenfahrzeug bauen können?«, fragte Gabriel. »Ich hätte gern ein Wettrennen mit Piper veranstaltet.«

»Das würde euch dort unten nicht viel nutzen«, sagte Chris. »In einem Luftkissenfahrzeug seid ihr da unten nicht schneller als die Elfen. Und nicht geschickter als die Oger. Dieser Panzer wird euch nachts und in Gefahrensituationen schützen.«

Chris nahm Dash beiseite, als die anderen zur Cloud Cat zurückgingen. »Seid da unten vorsichtig«, sagte er warnend. »Niemand ist begeistert, wenn Fremde vom Himmel herunterkommen. Vergesst die Reihenfolge nicht: erst Elfen, dann Oger, dann Drachen.«

»Haben wir kapiert«, versprach Dash. »Und ich fühle mich gut, mach dir keine Sorgen.«

»Ich mache mir aber trotzdem Sorgen.« Chris streckte die Hand aus.

Dash schüttelte sie. »Wir sehen uns morgen.« Er wollte seine

Hand gerade wegziehen, als Chris anfing: »Die Elfen wollen vielleicht nicht …«

»Komm jetzt, Dash!« Gabriel streckte den Kopf aus dem Raumtransporter. »Die Zeit läuft.«

»Komme schon.« Dash zögerte eine weitere Sekunde, um Chris die Möglichkeit zu geben, seinen Satz zu vollenden. Aber Chris trat einfach zurück und winkte ihnen zu, als sei er ganz froh, dass Gabriel ihn unterbrochen hatte.

Für Gabriel fühlte es sich ein bisschen merkwürdig an, die Steuerung der Cloud Cat einem anderen zu überlassen, aber er wusste, dass sein Vertreter absolut kompetent war. Ravi seinerseits wollte Gabriel beeindrucken und gab sich daher große Mühe, ruhig und sanft zu fliegen. Er stieß erleichtert den angehaltenen Atem aus, als es ihm gelungen war, das Schiff nur wenige Meter von Chris' bezeichneter Stelle zu landen.

»Gut«, sagte Gabriel und boxte gegen Ravis Faust.

Alle drängten nacheinander aus dem Schiff und blieben staunend stehen. Vor ihnen erstreckte sich ein herrliches, von Wildblumen überwuchertes Tal und ein majestätischer Wald. Der Wald wirkte nicht Furcht einflößend und abweisend wie der tiefe Dschungel auf J16, sondern einfach nur wunderschön. Gigantische Bäume reckten ihre weit ausladenden Baumkronen in den Himmel, moosbedeckte Felsen, groß wie LKWs, sprenkelten die Landschaft.

»Total HdR«, sagte Gabriel begeistert zu Ravi.

»Total!«, bestätigte Ravi.

»HdR?«, fragte Carly.

Anna verdrehte die Augen. »Herr der Ringe.«

Aber sie musste ihnen vollkommen recht geben. Sie erwartete beinahe, dass ein Hobbit aus dem dichten Wald angewandert käme. Im Wald lag ein schwach salziger Hauch, der von irgendeinem Meer stammen musste, das zu weit entfernt war, um es von ihrer Position aus sehen zu können. Ansonsten roch die Luft nach Wald, nach Leben – ein Geruch, der sowohl auf der Light Blade wie auch auf der Cloud Leopard komplett fehlte. Genau genommen gab es an Bord der Raumschiffe so gut wie gar keine Gerüche, es sei denn, Chris bereitete gerade eines seiner Spezialgerichte zu. Anna atmete noch einmal tief ein, in der Hoffnung, ein bisschen davon mit zurück nach oben nehmen zu können.

Carly warf sich in das dichte, weiche Gras und starrte in den blauvioletten Himmel. »Ich frage mich, ob die Erde auch mal so aussah, ich meine, vor den Menschen. Vollkommen wild und friedlich.«

»Es wird nicht lange friedlich bleiben«, sagte Piper, die ebenfalls in den Himmel starrte. »Nicht, wenn die Oger und Drachen ankommen.«

»Drachen?« Niko legte den Kopf in den Nacken und sah nach oben. »Hat jemand Drachen gesagt?«

»Entspann dich, Drachenfreund«, sagte Siena. »Sie sind noch nicht rausgekommen.«

»Mist«, sagte Niko.

Siena tätschelte seinen Arm. »Ich werde versuchen, einen für dich zu fotografieren«, bot sie an.

»Versuch ihn von vorne zu erwischen«, bat Niko aufgeregt. »Und dann noch ein Foto im Profil, und wenn du noch eins erwischen würdest, auf dem er in Aktion ist, ich meine, irgendwas in Brand setzt oder so, das wäre cool.«

Siena starrte ihn an. »Ja, klar, ich frage den wilden Feuer spuckenden Drachen mal, ob er für mich modelt.«

»Du bist eine echte Freundin!« Niko grinste.

»Also gut, Leute.« Anna warf einen Blick auf ihr MTB. »Wir

müssen sie jetzt mal ziehen lassen. Diese Oger wachen ja nicht von alleine auf.«

Carly nahm alle Mitglieder des Landeteams fest in den Arm und kletterte dann mit Anna zurück in die Cloud Cat. »Ich setze den Panzer an derselben Stelle ab«, erklärte Ravi, dann stieg auch er ein. Weil sie zu acht in dem engen Raumtransporter geflogen waren, hatte das Fahrzeug nicht hineingepasst.

»Aber erst, nachdem wir es getestet haben, klar.« Niko wandte sich zum Gehen, aber Dash hielt ihn fest. »Danke noch mal für alles, was du getan hast, damit ich heute hier sein kann. Ich fühle mich hundertmal besser.«

»Kein Problem«, sagte Niko. »Danke, dass du bei meiner Behandlung nicht in Flammen aufgegangen bist.«

Dash hob eine Augenbraue. »Hätte das passieren können?«

Niko grinste und zuckte mit den Schultern. »Man weiß ja nie.« Er stieg ein und zog die Tür hinter sich zu.

Das Landungsteam beobachtete, wie die Cloud Cat abhob, dann kontrollierten sie noch einmal die Landkarten, die ihnen Chris auf ihre MTBs geladen hatte. »Der Hornbaum ist der größte, älteste und heiligste Baum des Elfenwaldes.« Siena drehte ihr Handgelenk vor und wieder zurück, um das Bild auf dem kleinen Bildschirm besser erkennen zu können. »Laut Plan sollen wir versuchen, ihn zu erreichen, ohne entdeckt zu werden, und dann nur mit den beiden Wächtern sprechen, die davor postiert sind. Das muss eine neue Info von Chris' Update sein, wir müssen ja Zeit einsparen. Angeblich hätten wir ihn beim Anflug locker erkennen müssen.« Sie sah auf. »Hat jemand von euch daran gedacht, vor der Landung nach ihm Ausschau zu halten?«

Die anderen drei schüttelten die Köpfe, reckten dann die Hälse und sahen hinauf in den Wald.

»Von hier aus sehen die Bäume alle gleich hoch aus«, stellte Gabriel fest.

Siena wandte sich an Piper. »Würde dein Stuhl so hoch fliegen, dass du die Gegend überblicken kannst?«

»Ehrlich gesagt, weiß ich das nicht«, sagte Piper. »Die Bäume sehen ziemlich hoch aus.«

»Vielleicht für einen normalen Menschen«, sagte Gabriel. »Aber doch nicht für jemanden, der sich schon mal einen Roboter mit Blähungen auf den Schoß geschnallt hat und mit ihm durch den Weltraum geflogen ist.«

Piper grinste. »Stimmt. Okay, ich versuche es. Solange die Bäume das Signal zwischen Bäumen und Boden nicht unterbrechen, müsste es funktionieren.«

»Brauchst du Begleitung?«, fragte Siena. »Ich meine, wie heute Morgen?«

Piper schüttelte den Kopf. »Danke, aber mit mehr Last als mir selbst komme ich höchstens ein paar Meter hoch.«

»Sei vorsichtig«, sagte Dash. »Komm runter, wenn du merkst, dass es zu gefährlich ist.«

Piper winkte ihm zu und schoss direkt nach oben, bis die anderen sie durch die breiten Äste und großen Blätter nicht mehr sehen konnten.

Je höher Piper kam, desto dichter wurde das Laub. Sie bremste ab, um vorsichtig durch das Labyrinth der Äste steuern zu können. Irgendwann konnte sie gar nichts mehr sehen außer den grünen Blättern überall um sie herum. Gerade als sie dachte, sie würde niemals oben ankommen, lichtete sich das dicht gewebte Astgeflecht und sie stieß in eine Lücke zwischen einem Baum und seinem Nachbarn vor, gerade so, dass sie über sich den blauen Himmel sehen konnte.

Lächelnd schaltete sie ihren fantastischen Stuhl auf Höchstgeschwindigkeit. Sie hielt sich eine Hand über die Augen, um sie vor dem glühenden Licht der orangefarbenen Sonnen zu schützen. Beinahe hatte sie die Wipfel der Bäume erreicht, von denen aus sie den besten Blick gehabt hätte, als – wuuusch! – Pipers Stuhl zehn Meter weit in die Tiefe fiel, in ein Durcheinander von Ästen hinein. Er rutschte, kippte so, dass Piper jetzt nach unten hing. Sie fühlte, dass sie an einem breiten Ast entlangrutschte, tiefer und immer tiefer. Holz knackste, Blätter raschelten, und Piper war klar, dass sie gleich hundert Meter tief fallen würde. Ihre Finger umklammerten den Joystick – sie musste es schaffen, den Motor wieder anzuwerfen!

Jetzt knackste es ganz laut und Pipers Stuhl rutschte sehr rasch über den gebrochenen Ast nach unten und drehte sich dabei wieder in die richtige Position. Endlich schaffte es Piper, den richtigen Knopf zu drücken, und ihr Stuhl brummte wieder los, schoss sie direkt aufwärts auf den blauen Himmel zu. Sie bremste ab und schwebte einen Moment lang über dem undurchdringlich wirkenden Blättergewirr. Ihr Herz trommelte, sie holte ein paar Mal tief Luft.

Unten auf dem Boden reckten Siena, Dash und Gabriel ihre Hälse und suchten nach irgendeinem Zeichen von Piper.

»Da ist sie!«, rief Siena. Sie zeigte auf einen goldenen Punkt in der Luft. »Das sind ihre Haare!« Einige sehr angespannte Augenblicke später sahen sie, wie die ganze Piper langsam durch das Laubwerk heruntersank. Pipers Gesicht war blasser als gewöhnlich, als sie wieder bei ihnen ankam.

»Ein paar Sekunden lang war es da oben ziemlich kritisch«, sagte sie, während sie ein paar abgerissene Blätter von ihren Kleidern sammelte. »Das Signal für den Stuhl war offenbar nicht mehr stark genug oder so etwas. Ich habe mich schon darauf eingestellt, den Rest meines Lebens in den Baumwipfeln zu verbringen – oder euch einfach vor die Füße zu fallen, anstatt hinunterzufliegen.«

Sie schüttelte die letzten Blätter ab.

»Also... ihr wisst ja, dass wir rückwärtsgehen und pfeifen sollen, wenn wir uns den Elfen nähern, damit sie unsere Anwesenheit nicht als Kriegserklärung verstehen? Na ja, dafür ist es jetzt wahrscheinlich zu spät.«

»Wie meinst du das?«, fragte Gabriel.

»Ein Mädchen in einem fliegenden Rollstuhl ist kaum zu übersehen. Wenn irgendjemand nach oben geschaut hat, hat er mich entdeckt.«

»Aber die sind doch angeblich freundlich, oder?«, fragte Dash.

Siena nickte. »Chris' Aufzeichnungen in der Bibliothek haben das bestätigt. Er hat viel darüber geschrieben, wie nett und großzügig sie miteinander umgehen. Aber nachdem die Oger sie so grausam behandelt haben, kann man sich vorstellen, dass sie Eindringlinge nicht besonders mögen.«

»Hast du den Hornbaum entdeckt?«, fragte Gabriel.

Piper nickte. »Und vom Baumwipfel aus konnte ich sogar das Horn selbst sehen. Es befindet sich in einem Raum in einer Art Baumhaus, etwa auf halber Höhe.«

»Wie weit entfernt ist das denn?«

»Mitten im Wald, ungefähr anderthalb Kilometer von hier. Wenn ihr hinter mir herrennt, schaffen wir es vielleicht in zehn Minuten.«

»Kinderspiel«, sagte Gabriel und warf sich seinen Rucksack über die Schulter.

»Berühmte letzte Worte«, knurrte Siena, als sie hinter den anderen her in den Wald rannte.

Die Temperatur im Wald fühlte sich zwanzig Grad kühler an und die Baumkronen bildeten ein so dichtes Dach, dass sie nur winzige Stücke des Himmels weit über sich sehen konnten. Es war so still, dass das Knirschen des dürren Laubs unter ihren Füßen sich wie Donner anhörte.

»Könnt ihr nicht ein bisschen leiser rennen?«, rief Piper ihnen zu. Niemand antwortete. Alle waren vollkommen darauf konzentriert, den dicken Wurzeln der gewaltigen Bäume auszuweichen, gelegentlich auch einem umgestürzten Baumstamm und den kleinen Lebewesen, die ihnen immer wieder über den Weg huschten. Die Tierchen sahen aus wie eine Kreuzung aus Kaninchen und Maus, mit zuckenden Nasen und puscheligen Schwänzchen. Sie waren eigentlich ganz niedlich, aber momentan einfach im Weg.

Nach fünf Minuten, in denen er ständig diesen Maninchen (oder Kanäusen, Dash konnte sich nicht entscheiden, wie er sie nennen sollte) ausgewichen war, fühlte sich Dash immer noch gut. Er konnte über die hohen Wurzeln springen, ohne zu stolpern, und hielt mit den andern Schritt. Und dann plötzlich konnte er es nicht mehr. Wenn Siena ihn nicht zurückgezerrt hätte, wäre er einfach in einen moosbewachsenen, haushohen Felsen hineingelaufen.

»Wartet mal«, rief sie den anderen zu.

Dash lehnte sich an den Felsen und versuchte zu verstehen, was gerade passiert war. Er war nicht kurzatmig. Seine Beine waren nicht müde. Aber sein Gleichgewichtssinn war vollkommen ausgeschaltet. Er legte beide Hände gegen den Felsen, um sich abzustützen.

»Atme tief durch«, kommandierte Piper.

»Ist schon gut«, sagte Dash, als er ihrem Rat gefolgt war. »Mir geht es besser.« Um das zu überprüfen, nahm er die Hände vom Felsen und versuchte, ein paar Schritte geradeaus zu gehen. »Siehst du?«

»Nicht schlecht«, sagte Gabriel und lehnte sich selbst gegen den Felsen. Das dicke Moos fühlte sich in seinem Rücken so schön weich an. »Aber schaffst du das auch, wenn du dir mit der einen Hand den Bauch reibst und mit der anderen den Kopf tätschelst?«

Dash bewies, dass er auch das schaffte, auch wenn er sich dabei mehr konzentrieren musste, als er eingestehen wollte.

»Nicht schlecht.« Gabriel nickte anerkennend.

»Ähm … Gabriel?«, sagte Siena. »Kannst du dich mal von diesem Felsen entfernen? Ganz schnell, meine ich?«

Gabriel hob seinen Rucksack auf und ging weiter. »Wollt ihr auch meinen Gleichgewichtssinn testen? Ich bin nämlich immer mit einem Buch auf dem Kopf zur Schule gegangen, deswegen …«

»Nein«, sagte sie, packte ihn am Arm und zog ihn zu sich herüber. »Weil der Fels überhaupt kein Fels ist.«

Alle starrten mit offenen Mündern auf den »Felsen«, der ganz langsam zwei dicke Arme ausstreckte, einen Kopf von der Größe eines Kleinwagens hob und seinen breiten, moosbewachsenen Rücken streckte … eben jenen Rücken, gegen den Dash und Gabriel sich eben noch gelehnt hatten. Sie wichen vorsichtig zurück, als der Riese – denn es war eindeutig ein Riese – sich langsam auf die Füße stellte. Er musste mindestens zwanzig Meter hoch sein und reichte damit beinahe bis zu den Baumwipfeln.

»Ähm … das ist jetzt kein Oger, oder?«, fragte Gabriel. »Ich kann mich nämlich nicht daran erinnern, dass Chris gesagt hat, die sind etwa eine Million Kilometer groß.«

Siena verdrehte die Augen. »Er kann keine Million Kilometer groß sein. Er ist noch nicht mal so groß wie die Bäume. Und es ist eindeutig kein Oger. Oger sind sehr viel kleiner.«

»Aber was ist es dann?«, fragte Gabriel.

»Leute, egal, was es ist, ich würde sagen, wir sollten uns aus dem Staub machen«, sagte Dash und lief gleich los.

Noch bevor sich der Riese umdrehen und sie entdecken konnte, hatte Piper den anderen bedeutet, dass sie losrennen sollten. Sie sausten um den nächsten Baum herum und versuchten, den Riesen möglichst weit hinter sich zu lassen.

Auf ihrem Weg tiefer in den Wald hinein kamen sie an zwei weiteren moosbewachsenen Felsen vorbei. »Schlafende Riesen sollte man niemals stören«, flüsterte Gabriel.

Keiner widersprach.

Etwas später wurden sie langsamer und hielten schließlich an, um Luft zu holen. Dash sah sich um. »Ich glaube, das reicht«, sagte er. Der Riese war zwischen den Bäumen leicht zu erkennen und er hatte sich nur wenige Meter weiterbewegt.

»Sieht so aus, als hätte Chris vergessen uns zu sagen, dass hier auch Riesen leben«, sagte Siena. Dash, Piper und Gabriel zuckten mit den Schultern. Sie waren es gewöhnt, dass Chris nie alle Informationen preisgab, auch wenn er stets beteuerte, das zu tun.

Piper brauchte eine Minute, um sich zu orientieren, dann sagte sie: »Gut, folgt mir. Jetzt ist es nicht mehr weit.«

Wenig später hielt Piper unvermittelt an und zeigte nach vorne. Einige Meter vor ihnen erhob sich eine mindestens drei Meter hohe Steinwand, die sich in beiden Richtungen im Wald verlor. Die hatte Piper von oben nicht erkannt. Die Mauer war eindeutig nicht im besten Zustand. An einigen Stellen war mindestens die Hälfte der massiven Steine verschoben, und dadurch waren Lücken entstanden, durch die sie leicht hindurchkriechen konnten.

Sie näherten sich der Mauer vorsichtig, beugten sich vor, um durch die Lücken spähen zu können. Die Bäume auf der anderen Seite waren sogar noch dicker als jene in dem Wald, den sie durchquert hatten.

»Hat Chris nicht gesagt, dass die Elfen im Inneren der Bäume leben?«, fragte Dash.

Siena nickte. »Sie müssen innen hohl sein.«

Sie versuchten durch verschiedene Lücken zu sehen, aber es war schwer, Genaueres zu erkennen. Riesige Blätter und dickes, grünschwarzes Moos bedeckte alles. Sie konnten keine Türen oder Fenster entdecken, auch nicht den Rauch eines Herdfeuers. Nichts, was auf lebendige Wesen hinwies.

Siena trat wieder zur Gruppe. »Vielleicht sind die Elfen alle weg. Es ist immerhin hundert Jahre her, seit Chris hier war, oder?«

»Wenn dem so wäre«, sagte Gabriel, »würde uns das unsere Aufgabe sehr erleichtern.«

»Gabriel Parker!«, schimpfte Piper. »Das ist nicht nett. Du redest hier über den Untergang einer ganzen Lebensform!«

Gabriel hielt die Hand hoch. »Hey, ich bin genauso gespannt darauf, einen Elf zu sehen, wie jeder andere.«

Piper presste die Lippen zusammen, aber sie schwieg.

»Je weniger Zeit wir damit verbringen, durch dieses Dorf zu laufen ... oder was auch immer das ist ... desto besser. Wir sollten erst über die Mauer klettern, wenn wir näher am Hornbaum sind.«

Sie wandten sich nach Osten und rannten an der Außenwand der Mauer entlang, achteten dabei ständig darauf, ob sich etwas bewegte. Nach weiteren zwei Minuten blieb Piper erneut in der Luft stehen. »Der Baum befindet sich ungefähr hundert Meter hinter diesem Teil der Mauer.«

Dash ging vor, prüfte mehrere Stellen, bis er eine fand, die ihm stabil genug erschien. Piper schwebte über die Mauerkante und hielt Wache. Das ganze Training an der Kletterwand im Fitnessraum machte sich bezahlt und keiner hatte Schwierigkeiten, die Mauer zu erklimmen. Auf der anderen Seite standen die Bäume weiter voneinander entfernt und durch die Äste sah man mehr Himmel. Mitten auf einer Lichtung ruhte eine riesige Felsplatte auf mehreren kleinen Felsbrocken. Als sie näher kamen, erkannten sie die Reste einer Mahlzeit auf der Oberfläche der Felsplatte. Auf hölzernen Tellern lagen Reste bunter Beeren und die Knochen irgendeiner Art von Fleisch. Piper hoffte, dass es nicht von den niedlichen Maninchen (sie hatten sich auf diesen Namen geeinigt) stammte, aber wusste, dass das sehr wahrscheinlich war.

»Gut«, sagte Dash. »Sieht so aus, als würden die Elfen noch leben, das ist gut. Aber findet ihr nicht auch, es ist ein bisschen unheimlich, dass keiner da ist?«

Alle nickten.

»Hat einer von euch eine Ahnung, wie sie überhaupt aussehen?«, fragte Dash. »Chris hat sie nicht beschrieben.«

»Keine von Chris' Aufzeichnungen enthielt irgendwelche Bilder«, sagte Siena.

»Vielleicht sind sie ja überall um uns herum, aber unsichtbar«, vermutete Gabriel. »Oder es ist so wie bei HdR und sie sind so wunderschön, dass man sie nicht ansehen darf, weil man sich sonst auf der Stelle in sie verliebt.«

»Ich weiß ja nicht, ob das in den Büchern wirklich so ist«, wandte Piper ein, aber Gabriel war schon in Fahrt. »Oder vielleicht sind sie grün mit spitzen Ohren«, fuhr er fort, »Und nur ungefähr zehn Zentimeter groß. Das würde erklären, warum der Tisch sich so tief unten befindet.« Er kniete sich auf den Boden und begann das Gras zu durchkämmen, als würde er die Elfen suchen.

Siena und Piper kicherten.

»Nehmen wir mal an, dass nichts davon zutrifft«, sagte Dash, der sich Mühe gab, nicht zu grinsen. »Wir müssen auf jeden Fall sehr aufmerksam sein und aufpassen, ob sich irgendetwas bewegt.«

»Und wenn niemand am Baum ist, wenn wir da ankommen?«, fragte Siena.

»Das werden wir gleich sehen.« Piper deutete auf einen Baum in der Nähe, der so hoch war, dass keiner von ihnen seinen Wipfel sehen konnte. Sie schwärmten aus, um die ganze Umgebung zu überprüfen.

Der Hornbaum war so breit, dass es einige Minuten dauerte, bis sie um ihn herumgegangen waren und sich wieder vor ihm trafen. Bis auf die Maninchen rührte sich in den Wäldern immer noch nichts.

»Wo sie auch sein mögen«, sagte Piper, »offenbar ist es ihnen nicht mehr wichtig, auf das Horn aufzupassen. In all der Zeit haben sie sich wahrscheinlich so daran gewöhnt, dass die Oger sie nicht angreifen, dass sie gar nicht mehr wissen, wozu sie Wächter aufstellen sollten.«

»Oder sie erinnern sich gar nicht mehr daran, wozu das Horn gut ist«, meinte Siena. »Oder dass es überhaupt da ist.«

»Ich bin mir ziemlich sicher, dass sie das noch wissen«, sagte Gabriel. Auf der Suche nach einem Eingang in den Baum hatte er einige der riesigen Blätter beiseitegeschoben und einen großen Teil des Baumstamms freigelegt. Anders als die graue Rinde, die zwischen den Blättern der anderen Bäume hervorlugte, war diese Stelle weiß und glatt. Fast die gesamte Fläche war mit Zeichnungen bedeckt. Das Bild in der Mitte – es war von einem Kranz gelber und rosaroter Blumen umgeben – zeigte den erklärten Lieblings-Außerirdischen der Voyagers.

»Dieser Typ kommt echt ganz schön viel rum«, sagte Gabriel und pfiff anerkennend. »Sie haben sogar sein sprühendes Temperament gut getroffen.« Er stellte sich neben das Bild und imitierte den Gesichtsausdruck von Chris – er sah vollkommen gleichgültig drein.

Piper und Siena verdrehten die Augen. Dash trat näher, um die anderen Zeichnungen zu betrachten. Die ganze Szene schilderte offenbar die Geschichte, wie Chris das Horn anfertigte und es dazu benutzte, die Oger in Schlaf zu versetzen. Die Oger waren sehr bösartig wirkende Wesen mit schwarzen Knopfaugen, langen gebogenen Nasen und irgendwie zu lang geratenen Armen. Aber nirgendwo auf den Bildern sahen sie etwas, das wie ein Elf aussah.

»Na gut«, sagte Dash. »Das heißt, die Elfen kennen die Geschichte. Aber wo sind sie?«

»Das kommt darauf an«, sagte eine unbekannte weibliche Stimme hinter ihnen, »wer fragt und was derjenige von uns will.«

Das Landungsteam

Das Landungsteam hätte sich sehr viel schneller umgedreht, wären da nicht die Speerspitzen gewesen, die sich recht unsanft zwischen ihre Schulterblätter bohrten. Dash räusperte sich und hob die Hände. »Wir kommen in Frieden«, sagte er und schämte sich sofort, weil das so lahm klang. »Wir sind Freunde von Chris.« Er wies mit dem Kopf in Richtung der Zeichnung auf dem Baum. »Ihr wisst schon, dieser Typ da.« Die Speerspitze drückte noch ein bisschen fester, als er den Kopf bewegte, also stand er jetzt wieder ganz starr.

»Ihr habt den Tag des Festmahls unterbrochen«, stellte eine anklagende, tiefere Stimme fest. »Ihr seid in unser Dorf eingedrungen, während wir zur Feier unseres hundertjährigen Friedens in der See gebadet haben. Und jetzt steht ihr hier vor unserem heiligsten Baum und verspottet uns? Erklärt euch!«

»Bitte«, sagte Piper mit ihrer einschmeichelndsten Stimme, »wir sind wirklich Freunde und haben nichts Böses vor. Können wir uns bitte umdrehen und reden?«

Nach einer langen Schweigepause antwortete die männliche Stimme: »Zuerst musst du deine Waffe ausschalten.«

»Ähm … welche Waffe denn?« Piper hob ihre leeren Hände.

»Die, auf der du sitzt.«

»Ach, das.« Piper redete immer noch mit ganz unbeschwerter Stimme. »Das ist doch keine Waffe. Ich benutze das, um mich bewegen zu können. Meine Beine funktionieren nicht.«

Die Stimmen berieten sich nun in einer Sprache, welche die Voyagers nicht verstehen konnten. Endlich wurden die Speere zurückgezogen. Die vier Jugendlichen wandten sich langsam um, rieben sich das Genick, an den Stellen, wo die Speere sich eingegraben hatten. Gabriel schnappte nach Luft: »Das gibt's doch nicht – ich hatte recht!«

Zwei Elfen standen vor ihnen, sie hatten sich Handtücher um die Schultern gehängt. Gabriel fand, dass sie so aussahen wie ganz normale Jugendliche von der Erde, die von einem Ausflug zum Strand zurückkehrten – bis auf einige wenige, aber sehr deutliche Unterschiede. Ihre Ohren waren tatsächlich spitz – nicht so spitz wie die Ohren von Spock aus dem Film Star Trek, aber abgerundet waren sie wirklich nicht. Und zweitens wären die beiden auf der Erde sofort auf den Titelseiten verschiedenster Zeitungen gelandet. Oder so etwas wie Popstars geworden. Reine Haut ohne Pickel, grün(lich)e Haut, langes, fließendes schwarzes Haar, leuchtend goldene Augen. Unwillkürlich starrte er sie an und hatte das Gefühl, unmöglich ein Wort herausbringen zu können.

Dash räusperte sich. Es gelang ihm nur wenig besser als Gabriel, die Elfen nicht anzustarren. Wenn die beiden nicht diese Speere in der Hand gehalten hätten, dann hätten sie keinen gefährlichen Eindruck gemacht. »Ähm – ich heiße Dash und das sind Piper und Siena, und der da, dem der Mund gerade offen steht, ist Gabriel. Wir sind gekommen, um mit den Wächtern des Horns zu reden.«

»Wir sind die Wächter des Horns«, erwiderte der männliche Elf. Er wandte den Kopf ein bisschen und funkelte Gabriel an, der aber zu sehr damit beschäftigt war, die weibliche Elfe anzusehen, um davon Kenntnis zu nehmen. »Ich bin Tumar und das ist meine Cousine Lythe. Warum seid ihr hergekommen?«

»Chris hat uns hergeschickt«, sagte Dash. »Ihr wisst schon, der Außerirdische, braune Haare, macht immer irgendwie ein todernstes Gesicht …«

»Und sehr gut aussehend«, fügte Piper hinzu.

Dash runzelte die Stirn. Sie lächelte und zuckte mit den Achseln. Siena kicherte.

»Wir kennen niemanden, der so heißt«, behauptete Tumar.

Dash zeigte wieder auf den Baum. »Sein Bild ist doch da. Das mit den ganzen Blumen drum herum.«

Die Elfen blinzelten den Baum an. »Oh!«, sagte Lythe. Ein Leuchten ging über ihr Gesicht. »Du meinst Chrysanthem?«

»Chrysanthem?«, wiederholte Piper. »Wie die Blume?«

Die Elfen nickten. »Das war sein Name«, sagte Lythe. »Es gibt ein berühmtes Lied über ihn.«

»Das würde ich sehr gerne einmal hören«, sagte Piper mit einem verschmitzten Funkeln in den Augen.

Dash musste den Gedanken, wie leicht sie Chris nach ihrer Rückkehr mit diesem Namen aufziehen konnten, beiseiteschieben. »Na ja«, sagte er. »Wir kennen ihn als Chris. Und er hat gesagt, ihr wüsstet, dass er eines Tages zurückkommen und die Oger wieder aufwecken würde.« Dash verstummte und suchte nach einem möglichst selbstsicheren Satz. Dann sagte er: »Dieser Tag ist gekommen.«

Die Gesichter der Elfen verfinsterten sich, ihre Hände umklammerten die Speere fester. Hastig fügte Dash hinzu: »Es wäre nur vorübergehend, sagen wir für einen Tag, dann würden wir das Horn wieder blasen und sie würden für immer schlafen.«

Siena knurrte missbilligend, und Dash versuchte, dies mit einem Husten zu übertönen.

»Warum sollten wir das tun?«, fragte Lythe. Gabriel fand, dass ihre Stimme wie die klingelnden Windspiele auf der Terrasse seiner Großmutter klangen. Er liebte diese Windspiele.

Als Dash erklärt hatte, dass die Erde beinahe keine Energie mehr habe und sie diese letzte Zutat brauchten, um ihre Welt zu retten, lachte Tumar. Es war kein grausames Lachen, eher ein ungläubiges. »Ihr kommt am Tag des Festmahls hierher, erwartet von uns, dass wir unseren hundertjährigen Frieden beenden und dann zulassen, dass ein Drache einen unserer Bäume verbrennt? Das ist ja eine völlig absurde Bitte.«

Dash konnte nicht leugnen, dass es völlig verrückt klang. Er fügte hinzu: »Ich schätze, wir haben einen ungünstigen Zeitpunkt erwischt, aber wir würden ja auch nicht darum bitten, wenn es nicht so dringend wäre. Wie gesagt, unser ganzer Planet ist in Gefahr. Wir brauchen einfach nur ein bisschen Drachenschlacke.«

Tumar und Lythe wechselten einen Blick, dann nickten sie. Dash atmete auf. Sie hatten die erste Hürde genommen. Aber die Elfen bewegten sich nicht in Richtung Baum. Dash sah hoch. Die Sonnen wanderten schnell über den Himmel. Sie mussten es schaffen, dass die Oger sich vor Einbruch der Dunkelheit auf den Weg machten. »Tut mir leid, dass ich so drängeln muss«, sagte er. »Und ich glaube, ihr beide seid sehr nette Menschen – ich meine, Elfen –, und wir würden gerne noch ein bisschen hier rumhängen und euch beide besser kennenlernen, aber wir haben wirklich wahnsinnig wenig Zeit. Könnt ihr uns jetzt zum Horn bringen?«

Als die beiden sich noch immer nicht rührten, wurde ihm klar, dass sie das auch gar nicht vorhatten. Ihr Nicken hatte wahrscheinlich bedeutet, dass sie es niemals tun würden. Piper drehte ihren Stuhl so, dass sie die beiden direkt ansehen konnte. »Das gefällt euch vielleicht jetzt nicht, aber ihr habt nun mal eine Abmachung mit Chris. Ihr solltet die Oger ein letztes Mal wecken, und dann würde er das Horn mitnehmen und so weit wegbringen, dass ihr euch nie mehr darüber Gedanken machen müsst. Ohne ihn hättet ihr diesen hundertjährigen Frieden nicht gehabt. Ihr schuldet ihm das.«

»Lythe und ich haben mit niemandem so eine Abmachung getroffen«, sagte Tumar.

Lythe wandte sich ihrem Cousin zu. »Aber vielleicht unsere Großeltern?«

»Vielleicht?«, wiederholte Dash. »Bewacht ihr nicht genau deswegen dieses Horn? Weil euch klar war, dass wir irgendwann zurückkommen würden?«

»Wir hüten es, weil unsere Familie es immer gehütet hat«, erklärte Lythe.

Dash begann sich unwohl zu fühlen. Hatte Chris sie belogen und es hatte nie eine solche Abmachung gegeben? Oder wussten die Elfen wirklich nichts davon?

Tumar stampfte mit dem Fuß. »Wenn unsere Großeltern eine solche Zusage gemacht haben, dann nur, weil sie völlig verzweifelt waren und alles versprochen hätten, nur damit die Oger uns in Ruhe lassen. Ihre Generation hat nie Frieden gekannt, bevor Chrysanthem hierherkam. Wir aber schon. Und wir sind nicht bereit, ihn aufzugeben, nur weil jemand das vor hundert Jahren so beschlossen hat. Wenn das überhaupt stimmt.«

»Das ist aber nicht fair«, erklärte Piper und verschränkte die

Arme. Siena musterte die abgebrochenen Äste, die in der Nähe herumlagen. Einer davon war sicher als Fechtwaffe zu gebrauchen. Sie war sich ziemlich sicher, dass sie mit beiden Elfen fertigwerden konnte, wenn es nötig war.

Dash wandte sich Gabriel zu. »Hast du irgendeine Idee? Du bist doch hier offenbar der Elfenexperte.«

Gabriel zwang sich, seinen Blick von Lythe abzuwenden und Dash anzusehen. Dann grinste er und begann zu pfeifen. Es dauerte eine Sekunde, bis die anderen den Grund dafür verstanden. Als man sie mit Speeren empfangen hatte, hatten sie vor Schreck die traditionelle Begrüßung ganz vergessen. Es war zu spät, um sich den Elfen rückwärts zu nähern, aber pfeifen konnten sie immer noch. Dash pfiff mit und die beiden Mädchen taten es ihm nach.

Es klang nicht schön. Die Elfen rissen die Augen auf und zuckten zusammen. »Was macht ihr denn da?«, fragte Lythe und hielt sich die Ohren zu.

Alle hörten auf zu pfeifen, bis auf Gabriel, dem es offensichtlich Spaß machte. Er war vielleicht nicht so gut wie Ravi, aber er konnte eine Melodie einigermaßen halten. Er pfiff ein paar weitere Takte von »Amazing Grace« und verbeugte sich dann tief. Siena applaudierte.

Lythes Miene wurde ein bisschen weicher und sie senkte den Speer. Tumar zögerte, tat es ihr dann nach. »Seht mal, das ist für uns jetzt nicht einfach«, sagte er. »Wir würden ja helfen, wenn wir könnten.«

»Dann bringt uns zu eurem Anführer«, sagte Dash und schämte sich schon wieder für seine Worte. Das war fast so dämlich wie »Wir kommen in Frieden«.

»Ich versichere euch, König Urelio wird euch dasselbe sagen«, meinte Tumar.

Lythe winkte ihren Cousin näher und sagte wieder etwas in der Elfensprache. »Ich bringe den König lieber hierher«, verkündete Tumar dann. »Er ist immer noch am Meer und möchte sicher keine Fremden bei der Zeremonie dabeihaben.«

»Gut«, sagte Dash. Tumar gab Lythe noch Anweisungen, wie sie die Eindringlinge zu bewachen hatte, dann sauste er so schnell davon, dass man von ihm nur noch einen verschwommenen grünlichen Strich sah.

Jetzt standen sie verlegen herum. Gabriel begann Lythe mit Fragen zu löchern. Wie alt war sie? Wie lief das Leben in ihrem Dorf ab? Was taten die Elfen in ihrer Freizeit? Dash wollte gerade sagen, er solle sie in Ruhe lassen, aber dann verstand er, dass Gabriel gerade ein ganz hervorragendes Ablenkungsmanöver durchzog. Piper erkannte es auch. Die beiden rückten näher zusammen, bis Piper dicht genug herangekommen war, um in Dashs Ohr flüstern zu können: »Das Horn befindet sich auf halber Höhe im Baum, direkt über Chris' Kopf. Ich meine über der Zeichnung von Chris' Kopf.«

Dash tat so, als würde er sich strecken, und sah nach oben. Er konnte das Horn zwischen den Blättern schimmern sehen. Er flüsterte aus dem Mundwinkel zurück: »Wenn der König kommt und sich weigert, die Abmachung einzuhalten, werden wir wahrscheinlich mit Wachen von hier weggeschafft. Das ist jetzt vielleicht unsere einzige Chance.«

Piper nickte grimmig.

»Habe ich schon mal erwähnt, dass ich in meinem Junior-Baseballteam Werfer war?«, fragte Dash.

Sie schüttelte den Kopf.

»Jep. Mein Wurfball flog mit einer Geschwindigkeit von ungefähr fünfunddreißig Kilometer pro Stunde.«

»Das klingt nicht besonders schnell«, sagte sie.

»Ich war sieben. Ich war zwar nicht besonders schnell, aber ich konnte gut zielen.« Er blinzelte hoch in den Baum. »Ich glaube, ich könnte das schaffen.«

Siena folgte ihrem Blick und verstand gleich, worüber sie redeten. Sie presste ihre Lippen zu einem Strich zusammen, aber nickte widerwillig. Dann ging sie zu Lythe hinüber und fing an, über Haarpflege zu reden. Jawohl, Haarpflege. Dash hatte noch nie gehört, dass Siena über irgendein auch nur entfernt mädchentypisches Thema redete, und nun hielt sie Vorträge darüber, wie schwierig es war, Glanz und Fülle ihrer langen schwarzen Haare in dieser feuchten Umgebung zu erhalten – hatte Lythe da vielleicht irgendwelche Tipps, ihre eigenen Haare schimmerten doch so weich? Deutlich geschmeichelt begann das Elfenmädchen zu erklären, dass sie regelmäßig die perfekte Mischung aus Seegras, Pollen und Morgentau auftrug. Gabriel schien von diesem Gespräch völlig fasziniert.

Dash bückte sich und tat so, als müsse er sich die Schnürsenkel binden. Dabei suchte er den Boden nach einem geeigneten Stein ab. Die meisten waren zu groß und er fürchtete, sie würden nicht hoch genug fliegen, wenn sie zu schwer waren. Er hatte nur einen Versuch.

Endlich entdeckte er einen möglicherweise passenden Stein dicht neben Gabriels Fuß. Er rückte näher an die Gruppe heran, als sei er an diesem Gespräch interessiert. Das erwies sich als ziemlich schwierig, denn die Mädchen waren jetzt zur Hautpflege übergegangen. Lythe hatte ein Blatt von einem nahen Baum abgerissen und zeigte Siena jetzt den dünnen Flüssigkeitsfilm, der austrat, wenn man die Unterseite mit einem Fingernagel ritzte. »Das ist eine hervorragende Feuchtigkeitscreme«, sagte sie mit ihrer melodischen Stimme. »Seht ihr?« Das Elfenmädchen begann, das Blatt über Sienas Handrücken zu reiben.

»Oh, ist das weich«, sagte Siena.

»Sieh mal, was für ein cooler Käfer!«, rief Dash, kauerte sich an den Boden und zog Gabriel mit.

»Geh auf Lythes andere Seite, damit sie sich umdrehen muss, wenn sie dich ansehen will«, zischte Dash, während er den Stein packte. »Ich brauche zehn Sekunden.« Er zog Gabriel auf die Füße, bevor er Fragen stellen konnte. Gabriel tat, was Dash ihm gesagt hatte. Lythe drehte sich vom Hornbaum weg. Dash machte einen Schritt rückwärts und Piper stellte sich zwischen ihn und die anderen.

Dash war klar, dass er nicht zögern durfte. Er holte aus und warf den Stein in Richtung der winzigen Stelle, an der er das Horn schimmern sah. Blätter raschelten, als der Stein zwischen den Ästen hindurchflog. Der Stein traf das Horn genau und Dash hielt den Atem an, als es ins Schwanken geriet und dann erst ganz kippte und direkt aus der offenen Stelle im Baum herunterfiel.

Dash zögerte eine Sekunde, dann rannte er los und stellte sich unter das herabstürzende Horn. Es war größer, als er gedacht hatte, und er konnte es gerade noch mit beiden Armen auffangen, bevor es den Boden erreichte. Das Horn war so schwer, dass Dash auf den Rücken fiel, als er es gefangen hatte.

Lythe verstummte mitten im Satz, als sie hinter sich ein Geräusch hörte. Sie wollte sich umdrehen, aber gerade als Dash dachte, er sei ertappt, packte Gabriel Lythes Hand. Mit angstvoller Miene zog er die Elfe näher an sich heran, wie er es aus dem Kino kannte, kippte Lythe nach hinten und versuchte, den romantischsten Satz zu sagen, den er jemals gehört hatte. Stattdessen sagte er: »Mögest du lange und in Wohlstand leben.«

Dash starrte Gabriel und Lythe eine Sekunde lang fassungslos an, aber dann flüsterte Piper ziemlich laut: »Mach schon!«

Dash fiel seine Aufgabe wieder ein. Er stellte sich schnell auf die Füße und hob das große Horn an den Mund. Er holte tief Luft und blies, so stark wie er nur konnte, in das Mundstück des Horns und …

Nichts geschah.

Dash senkte das Horn, um es näher anzusehen. Vielleicht war es irgendwie verstopft.

Lythe schob Gabriel schnell zur Seite und wandte sich Dash zu.

»Nein!«, schrie sie.

»Ich glaube, du bist kein Star-Trek-Fan …«, murmelte Gabriel. Er war ganz rot im Gesicht.

Lythe rannte auf Dash zu und versuchte, ihm das Horn zu entreißen. Piper flog zwischen die beiden und hielt Lythe von Dash fern.

»Warum hast du das getan?«, rief Lythe.

»Ich habe doch gar nichts getan«, behauptete Dash.

»Du hast das Horn geblasen!«

Dash, Piper und Siena warfen sich ratlose Blicke zu. Wie konnte sie das wissen? Sie selbst hatten nichts gehört.

»Vielleicht klingt das Horn in irgendeiner höheren Frequenz«, meinte Piper. »Vielleicht erzeugt es einen Ton, der so hoch ist, dass nur Hunde ihn hören. Hunde und Oger, meine ich.«

Lythe warf ihren Kopf in den Nacken und heulte.

Piper wendete ihren Stuhl. »Ähm, Leute, wir sollten vielleicht verschwinden …«

19

Zehn Meilen weiter östlich, in einer dunklen, modrigen Höhle, gähnten einhundert Oger, streckten sich und setzten sich auf. Einer nach dem anderen stolperte hinaus auf den Felsenstrand der Küste von Dargon. Sie blinzelten ins Licht und rempelten sich gegenseitig an. Sie grunzten, als sie bemerkten, wie lang das Nasenhaar ihrer Brüder gewachsen war, betasteten ihre steifen Knochen und stellten fest, dass irgendetwas hier ganz und gar nicht stimmen konnte.

Jetzt standen sie am Strand, grunzten und rissen sich ihre langen Nasenhaare einfach aus. Sie atmeten durch ihre röhrenartigen Nasenlöcher tief ein. Sie verteilten sich über den Strand und schnüffelten in alle Richtungen. Die Gerüche, die ihnen in die Nasen stiegen, waren ihnen vertraut: Seeluft, der feuchte Boden der nahen Wälder, der widerlich-süßliche Geruch der Elfen, das Aroma von überreifem Käse, das von den Riesen stammte, und etwas… Neues. Sie schnüffelten noch heftiger, wandten sich hierhin und dorthin und versuchten, diesen neuen Geruch, den der Wind herantrug, zu deuten. Er stellte keine Bedrohung dar, aber die Oger legten Wert darauf, ihre gesamte Umgebung jederzeit unter Kontrolle zu haben.

Sie schnüffelten, bis einer der Oger sich den nördlichen Berggipfeln zuwandte und die anderen seinem Beispiel folgten. Gleichzeitig zogen sich ihre Lippen breit und entblößten abgebrochene, gelbe Zähne. Es war der Gesichtsausdruck, der einem Lächeln am nächsten kam. Sie hatten den neuen Geruch schon wieder vergessen und füllten ihre Lungen jetzt mit dem scharfen, rauchigen Aschegeruch von Feuer. Es war ihr Lieblingsgeruch. Der Geruch der Drachen.

Die Oger hatten Hunger. Sie waren wütend. Irgendwie war es den Elfen gelungen, sie lange, lange Zeit in dieser Höhle festzuhalten. Jetzt war es an der Zeit, die Drachen aufzusuchen und Rache zu üben.

An Bord der Cloud Leopard waren Ravi und Niko gerade von ihrem zweiten Flug zur Planetenoberfläche zurückgekehrt. Sie hatten dort den Panzer abgesetzt und gingen jetzt eine lange Liste durch, die Chris ihnen gegeben hatte. Es ging darum, das Schiff für den Einsatz der Quelle bereit zu machen. Der Energieschub würde so gewaltig ausfallen, dass Chris sich sorgte, er könne die elektronischen Bauteile des Schiffs durchbrennen. Alle verfügbaren Helfer – menschlich und ZRK – mussten jetzt die schwachen Verbindungen mit einem speziellen Energieschutz absichern, den er zusammengebastelt hatte. Chris selbst verbrachte seine gesamte Zeit unten in der Cloud Kitten.

Ravi sah auf seinem MTB nach der Uhrzeit. Jetzt musste das Horn schon erklungen sein und die Oger geweckt haben. Das Landungsteam war wohl mit Hilfe der Elfen gerade damit beschäftigt, die Oger aus dem Elfenwald fernzuhalten.

Aber das, was sich tatsächlich unten auf dem Planeten abspielte, sah etwas anders aus. Gabriel, Dash und Siena standen im Inneren des Hornbaums, etwa auf halber Höhe. Piper schwebte vor dem Fenster, denn die Treppen waren für ihren Luftstuhl zu eng. Wären sie nicht von speerbewehrten Elfen umzingelt gewesen, hätte Gabriel große Freude an diesem eindeutig coolsten Baumhaus aller Zeiten gehabt. Den Weg über die hölzerne Wendeltreppe hatten ihnen erst rote, dann gelbe und schließlich blaue Öllaternen beleuchtet. Jede Stufe der Treppe war in einer anderen Farbe gestrichen. Runde Betten hingen von Efeuranken herab und Seilrutschen führten im Zickzack von ganz oben bis zum Boden. Gabriel juckte es, sie auszuprobieren.

Der Anführer der Elfen – ein silberbärtiger Mann im langen Gewand, der genauso aussah, wie ein Elfenkönig Gabriels Meinung nach aussehen musste – brüllte gerade Dash an, wie er es wagen könne, woher er die Frechheit nehme, die schiere Anmaßung, ohne seine Erlaubnis das Horn zu blasen.

Gabriel spielte seinen ganzen Charme, seine ganze Aufrichtigkeit aus. Er konnte nur hoffen, dass diese Charaktereigenschaften ihnen jetzt nutzen würden. Während Dash den größten Teil des königlichen Zorns abbekam, bemühte sich Gabriel darum, Lythe auf seine Seite zu bekommen. Sie sollte den König davon abhalten, noch einmal das Horn zu blasen.

»Bitte sag ihnen, wie wichtig das ist«, bettelte er. Er flüsterte dabei so laut, wie er es nur wagen konnte. »Sie würden dich doch nicht zur Hüterin des Horns machen, wenn sie deiner Einschätzung nicht vertrauen würden!«

Lythe schnaubte verächtlich. »Du siehst ja, wie weit ich mit meiner Einschätzung gekommen bin«, flüsterte sie zurück. »Ich bin die Letzte, auf die sie jetzt hören würden.«

»Das glaube ich nicht«, beharrte er. »Das Hüten des Horns liegt dir im Blut. In deinem und Tumars Blut. Sie müssen einfach auf dich hören.«

Lythe ließ diese Worte sinken. Sie musste zugeben, dass dieser Alien – der erste, den sie jemals kennengelernt hatte – ihr allmählich ans Herz wuchs. Das dunkelhaarige Mädchen gefiel ihr auch. Sie konnte gut zuhören. Normalerweise fragte niemand sie um irgendeinen Rat. Obwohl der Junge mit den struppigen Haaren hinter ihrem Rücken das Horn geblasen hatte, wollte sie den Fremden aus irgendeinem Grund vertrauen. Ihr war klar, dass die Geschichte mit der Abmachung nicht erfunden war – irgendwie wusste sie einfach, dass sie die Wahrheit sagten. Der Junge, der sich Gabriel nannte, hatte recht – die Legende des Horns lag ihr im Blut.

Sie kniff die Augen zusammen, um nicht Gabriels flehendem Blick begegnen zu müssen. Wenn sie doch irgendeinen Beweis hätte! Einige Augenblicke später riss sie die Augen wieder auf. Natürlich, sie hatte einen Beweis! Sie warf Tumar einen Blick zu. Hatte auch er angefangen, den Fremden zu glauben? Sie hatte keine Zeit, das herauszufinden.

»Bitte, mein König«, sagte sie und senkte dabei leicht den Kopf. »Als eine der Elfen, die mit dem Hüten des Horns betraut sind, bitte ich dich, meine Worte anzuhören.«

Der König wandte sich ihr zu. Ein Ausdruck des Widerwillens huschte über sein Gesicht.

Lythe sah sich Hilfe suchend nach diesem Jungen, Gabriel, um. Er nickte ihr zu und sein Blick war voller Wärme. Sie holte tief Luft. »Ich glaube, dass diese Fremden die Wahrheit sagen. Der Baum selbst erzählt diese Geschichte.«

»Was bedeuten deine Worte?«, fragte der König.

Sie holte noch einmal tief Luft. »Draußen, Herr. Die alten

Malereien. Sie sind seit vielen Jahren von Zweigen und Efeu überwuchert. Auf einem Bild sieht man, wie das Horn an Bord eines Schiffes gebracht wird. Es ist ein Schiff, das fliegen kann. Ebenso wie jenes, das ihr heute Morgen am Himmel gesehen habt. Das muss bedeuten, dass ihre Geschichte wahr ist. Wir müssen ihnen helfen und dann werden sie uns ein letztes Mal helfen und das Horn für immer weit wegbringen.«

Der König senkte seinen Speer. Die Spitzen seiner Ohren zuckten. Er sah Lythe eine gefühlte Ewigkeit an, dann nickte er langsam. »Wenn sich das als richtig erweist«, sagte er, »sollt ihr euren einen Tag haben. Ich werde Wachen an allen vier Ecken des Elfenwaldes aufstellen, um unsere heiligen Bäume vor den Ogern zu schützen, aber wenn wir sie nicht aufhalten können, blase ich das Horn.«

Dash hätte ihn beinahe daran erinnert, dass die Elfen laut Abmachung mindestens einen ihrer heiligen Bäume verlieren würden, aber dann entschied er, dass es klüger war, dies momentan noch für sich zu behalten. Der König sollte sich auf das Problem mit den Ogern konzentrieren. Also sagte er nur: »Vielen Dank, mein Herr. Wir bitten nur um den einen Tag.« Er verschwieg, dass ihm auch nur noch dieser eine Tag blieb.

»Und ich fordere, Chrysanthem selbst zu sehen«, fügte der König hinzu. »Ich muss überprüfen, ob ihr auch wirklich auf seinen Befehl handelt.«

Dash wollte gerade erklären, dass dies nicht möglich war, weil die Schallwellen des Horns die Funkverbindung blockierten, aber dann fiel ihm ein, dass das gar nicht mehr der Fall war. Er drehte sein Handgelenk und tippte ein paar Nummern ein. Hoffentlich trug Chris sein eigenes MTB! Er beobachtete, dass die Elfen ihre Speere fester umklammerten.

Dash seufzte erleichtert, als Chris' Gesicht auf dem kleinen

Bildschirm erschien. Ein Ölfleck prangte in seinem Gesicht und er wirkte müde.

»Chris«, sagte Dash hastig. »Wir haben das Horn geblasen, aber der König möchte sicher sein, dass wir mit dir hergekommen sind, bevor er uns hilft. Kannst du es ihm bestätigen?«

»Sie haben dir erlaubt, das Horn zu blasen?«, fragte Chris und musterte Dash skeptisch.

Dash warf seinen Freunden einen vielsagenden Blick zu, dann antwortete er: »Nun ja, nicht so richtig erlaubt, aber sie haben gesagt, sie helfen uns, wenn du ihnen sagst, ...«

»Ja«, fiel ihm Chris ins Wort. »Diese Kinder sind mit mir unterwegs. Ich bedanke mich bei euch dafür, dass ihr sie bei dieser wichtigen Aufgabe unterstützt.«

Gabriel und Siena zuckten zusammen. Er nannte sie Kinder! Die Elfen im Raum murmelten aufgeregt. Da war er, der berühmte Chrysanthem!

»Und als Gegenleistung wirst du das Horn mitnehmen?«, fragte der König. Es klang mehr wie ein Befehl als wie eine Frage.

»Ja, ja«, versprach er.

»Wie wirst du ...?«

Aber Chris fiel auch ihm ins Wort. »Wir kümmern uns schon drum. Ich muss los.« Dashs Bildschirm wurde dunkel.

Der König schäumte noch einige Sekunden vor Zorn. Er war es eindeutig nicht gewöhnt, von jemandem so abgefertigt zu werden.

»Ähm ... er ist wirklich sehr mit dem Schiff beschäftigt«, sagte Siena, um den König zu besänftigen.

»Ihr habt einen Tag«, blaffte der König. »Und nicht eine Sekunde mehr! Lythe! Tumar!« Die beiden Hornwächter standen stramm. »Da ihr offenbar der Meinung seid, wir könnten diesen Fremden vertrauen, werdet ihr sie begleiten. Und ich gehe davon aus, dass ihr nun besser auf sie aufpassen werdet, ja?« Ohne ein weiteres Wort stürmte er die Treppen hinunter und bedeutete den anderen, ihm zu folgen. Tumar und Lythe blieben zurück. Gabriel, Siena und Dash gingen zum Fenster, um gemeinsam mit Piper den nächsten Schritt zu planen.

»Ich sage das jetzt nicht so gern«, sagte Piper, als sie alleine waren. »Aber ist Chris nicht gerade ziemlich unhöflich mit dem König umgesprungen?«

»Und wie«, sagte Siena.

»Dash?« Siena wedelte mit den Händen vor Dashs Gesicht, um ihn auf sich aufmerksam zu machen. Er hatte seit dem Gespräch nicht von seinem Handgelenk aufgesehen.

»Dash? Findest du nicht, dass Chris gerade ziemlich unverschämt war?«

Dash schüttelte den Kopf. Als er wieder aufsah, war er blass, noch blasser als sonst. Als er sprach, war sein Ton grimmig.

»Das war nicht Chris.«

Die Äxte und Schilder lagen noch

genau dort, wo die Oger sie versteckt hatten: unter einem Felsvorsprung am Strand. Diese Stelle konnte man nur sehen, wenn
die Sonnen untergingen und ihr Licht in einem bestimmten
Winkel auf die Steine fiel. Hier lagerte der wertvolle Schatz der
Oger und die Elfen würden ihn niemals finden.

Die Oger wussten nicht genau, wie viel Zeit vergangen war,
denn der Wald und der Strand und die Berggipfel, die sie
Heimat nannten, sahen immer noch so aus, wie sie sie in Erinnerung hatten. Nur das verrostete Schloss und die verwit-
terte Tür ließen ahnen, dass es viele Jahre sein mussten. Die
Waffen selbst hatten sie mit einer Schmiere aus Würmerdarm
und ihrem eigenen Speichel behandelt, deswegen hatten sie
ihre Schärfe und ihren Glanz bewahrt.

Jetzt, wo sie bewaffnet waren, schmiedeten die Oger einen
Plan. Eine Hälfte von ihnen wollte die Elfen sofort angreifen, ihre kostbaren Bäume in Stücke hacken. Die Elfen würden sie mit ihren Schwertern und Speeren vertreiben, aber vor-
her würden sie einiges einstecken müssen. Die andere Hälfte
wollte auf die Berge steigen und die Drachen wecken. Es war

schon prima, Äste dieser Bäume abzuschlagen, aber es würde ein richtiges Fest sein, diese Bäume brennen zu sehen.

Es wurde beschlossen, dass die Hälfte der Oger auf den Berg klettern würde. Wenn sie erst einmal die hohen, windigen Gipfel erreicht hatten, würden sie das tun, was sie immer getan hatten – die wilden, geflügelten Ungeheuer so lange ärgern und reizen, bis diese hinunterfliegen und in ihrem Zorn Feuer auf die Dörfer der Elfen speien würden.

Sie waren bereit.

Die Landungscrew, begleitet von Lythe und Tumar, raste durch den Wald zurück. Dash versuchte, das Schiff zu kontaktieren, aber niemand antwortete. Er rang gegen die aufsteigende Panik und sagte: »Wir müssen uns auf unsere Mission konzentrieren. Ohne uns kann Colin das Schiff nirgendwo hinfliegen. Er kann es unmöglich wieder in Gammageschwindigkeit schalten.« Die Mannschaft sollte glauben, dass auf der Cloud Leopard alles in Ordnung war. Selbst wenn er es selbst nicht glaubte.

»Warte.« Tumar packte Dash am Arm. Die Gruppe hielt an, alle rangen keuchend nach Luft. »Wenn ihr einen Plan habt, müssen wir ihn kennen. König Urelio wird nicht ...«

»König Urelio hat uns nur einen Tag gegeben, um die Mission zu vollenden«, unterbrach ihn Dash. »Ich verspreche dir, dass ich dir unseren Plan verraten werde, aber wir haben jetzt wenig Zeit, wir müssen weiter.«

Dash wandte sich um und wollte wieder losrennen, aber Tumar hielt ihm seinen Speer vor die Nase. »Wir gehen nirgendwohin, solange Lythe und ich euren Plan nicht kennen.«

Auf Tumars Stichwort hin hob auch Lythe ihren Speer, wenn auch halbherzig.

Dash funkelte Tumar an. Das hatte ihnen gerade noch gefehlt: Elfen, die ihnen nicht helfen wollten. »Der Plan lautet, dass wir unsere Mission so schnell wie möglich durchführen. Und das bedeutet, dass wir rennen müssen. Jetzt.«

Gabriel schaltete sich ein. »Seht mal.« Er trat vor und wäre beinahe über eine dicke Wurzel gestolpert. »Dash hat recht – wir müssen weiter. Was ist, wenn die Oger aufgewacht sind, gemerkt haben, dass sie lange nichts gegessen haben, und beschlossen haben, zuerst euer Dorf zu überfallen. Je schneller wir diesen Plan umsetzen, umso schneller können wir euch davor bewahren, euch jemals wieder mit den Ogern herumschlagen zu müssen.«

Tumar und Dash funkelten einander immer noch an, aber dann legte Lythe sanft ihre Hand auf Tumars Arm. »Ich glaube, wir müssen erst einmal mitmachen und ihnen vertrauen«, sagte sie.

Tumar senkte zögernd seinen Speer. »Also, ich traue ihnen nicht«, sagte er. »Aber ich vertraue deinem Urteil. Im Moment. Wir können weiterlaufen, aber ihr müsst uns später euren Plan verraten, sobald wir an diesem… fliegenden Schiff ankommen.«

Dash nickte. »Genau genommen«, sagte er, als er wieder loslief, »gehen wir gar nicht zum Schiff.«

Der Rest des Landungsteams rannte hinter ihm her. Tumar und Lythe hielten mühelos mit ihnen Schritt. »Und wie wollt ihr dann in weniger als einem Tag die Berge erreichen?«

Dash hielt sich die Hand vor die Augen, um sie vor dem gleißenden Licht der Sonnen zu schützen, die von Minute zu Minute tiefer in Richtung Horizont sanken. »Damit«, antwortete er und deutete auf den Panzer, der nun auf ihrem Landeplatz wartete. »Das ist unser neuer bester Freund.«

Oben auf der Cloud Leopard herrschte düstere Stimmung. Colin, der sich gerade noch als Chris ausgegeben hatte, trug wieder seine Brille und war ziemlich stolz auf sich selbst. Endlich kontrollierte er das Schiff und würde bestimmen, was hier weiter geschah.

»Was hast du mit Chris gemacht?« Ravi stand Colin in nur zehn Zentimetern Abstand gegenüber und funkelte ihn an. Sie hatten sich unter dem Maschinenraum versammelt. Chris lag bewusstlos auf dem Boden der Cloud Kitten. Rocket lag winselnd neben ihm, die Vorderpfoten auf sein Bein gelegt. Nur Carly fehlte. Ohne ihre MTBs konnten sie nicht herausfinden, wo sie steckte. Sie musste ihres abgelegt haben, sonst hätte Colin sie ebenfalls eingefangen.

»Geh lieber ein bisschen zurück, Kleiner«, warnte Colin.

»Wer ist hier klein?« Ravi stellte sich ganz gerade hin. Colin überragte ihn nur um wenige Zentimeter.

Niko – der etwa fünfzehn Zentimeter kleiner war als alle anderen Mitglieder der Mannschaft – zupfte an Ravis Ärmel, aber Ravi rührte sich nicht. Es war unmöglich, in so einer großen Familie wie der von Ravi aufzuwachsen und dabei nicht zu lernen, seinen Mann zu stehen. Zugegeben, in der Regel löste er eine angespannte Situation durch irgendeinen Witz auf, aber er wusste, das würde hier nicht funktionieren. Außerdem war er im Moment viel zu wütend, um irgendwelche Witze zu machen.

»Ich habe gesagt, geh zurück!«, knurrte Colin.

»Oder was?«, fragte Anna und stellte sich neben Ravi.

»Oder ihr fallt gleich genauso um wie Chris«, sagte Colin mit bösem Grinsen. Sie wussten ja nicht, dass er das rein praktisch gesehen gar nicht schaffen konnte. Nur Chris war allergisch gegen die Wala-nika-Pflanze, die er in Chris' Raum entdeckt hatte.

Zum ersten Mal auf dieser ganzen Reise wusste Anna nicht mehr, was sie sagen sollte. Colin war gemein und hatte schon ein paar ziemlich üble Dinge getan, aber noch nie hatte er sich so gewalttätig gezeigt. Sie hatte noch nie wirklich Angst vor ihm gehabt – bis zu diesem Moment jedenfalls.

In Wirklichkeit konnte Colin ihnen nichts tun. Er brauchte sie, um sicherzustellen, dass die Cloud Kitten (wie er diesen lächerlichen Namen hasste!) selbstständig fliegen konnte.

Colin hatte schon ziemlich viel über das außerirdische Schiff in Erfahrung gebracht. Die Hauptantriebe der Cloud Leopard und der Cloud Kitten waren immer noch miteinander verbunden, aber viele Funktionen liefen inzwischen unabhängig voneinander. Bald würde die Cloud Kitten frei sein. Aber Colin benötigte die Quelle, um das kleine Schiff anzutreiben, daran führte kein Weg vorbei. Und das bedeutete, dass die Kinder immer noch ihren Zweck erfüllen mussten, sowohl an Bord wie auch auf dem Planeten.

»Ihr habt Aufgaben zu erledigen«, brüllte Colin. Seine Stimme reichte aus, um Anna und Ravi einen Schritt zurückweichen zu lassen. »Jetzt los, bringt sie zu Ende!«

»Gib uns unsere Handcomputer zurück!«, forderte Anna. »Wir können unsere Aufgaben nicht erledigen, wenn wir uns nicht untereinander verständigen können. Und es könnte sein, dass das Landungsteam uns braucht. Du hast die Elfen so hastig gefragt, ob das Horn schon geblasen wurde, dass ich davon ausgehe, du möchtest genauso dringend zur Erde zurück wie wir.« Aber sobald sie es ausgesprochen hatte, kamen ihr leise Zweifel. Wollte er wirklich zur Erde zurück? Oder hatte er irgendeinen anderen Plan, von dem sie nichts ahnten?

Colin stopfte die MTBs tiefer in seine Taschen. »Ihr werdet schon ohne die Computer klarkommen. Wenn das Landungsteam etwas braucht, werde ich mich darum kümmern.«

»Ich gehe mal davon aus, dass ihm nichts Schlimmes passiert.« Anna deutete auf Chris. »Er ist der Einzige, der weiß, wie wir nach Hause kommen.«

Colin reagierte nicht auf diese Bemerkung. »Ich möchte euch drei nicht mehr sehen, bis das Landungsteam zurück ist. Dann meldet ihr euch alle sofort bei mir.«

Als sie den früher verborgenen Raum verließen, sagte Niko: »Er geht überhaupt nicht davon aus, dass Carly auf dem Schiff ist. Hätte er sonst nicht ihr MTB geortet, so wie unsere auch? Es müsste eigentlich ihre ganzen Parameter übertragen, Herzschlag, Atmung, wie immer.«

Ravi erschauderte vor Furcht. »Als ich sie zuletzt gesehen habe, war sie mit dem Elementenfuser beschäftigt. Es geht ihr doch gut, oder?«

»Los, wir müssen nachsehen.« Anna rannte bereits auf den Röhreneingang zu.

Im Maschinenraum hatte der Panzer ziemlich eindrucksvoll und einschüchternd ausgesehen – weit größer als das Luftkissenboot, das sie auf Aqua Gen benutzt hatten, oder der Rennschlitten, mit dem sie über das Eis von Tundra geflitzt waren. Aber jetzt neben den riesigen Bäumen sah er aus wie eine kleine Metallkiste, die ein Riese wie ein Herbstblatt mit einer Hand zerquetschen konnte.

Gabriel stieg zuerst ein und stieß einen langen Pfiff aus. »Das ist ja piekfein«, rief er.

Von innen sah der Panzer eher aus wie eine Luxuslimousine, nicht wie ein Kriegsgerät. Gepolsterte Sitzbänke waren auf beiden Seiten entlang der Wände angebracht, und Pritschen, die man von den Wänden herunterklappen konnte, verwandelten sich im Handumdrehen in Schlafkojen. Es gab Kissen, Decken und sogar eine Reihe von Plüschtieren.

»Den ZRKs muss es auf der langen Reise in Gammageschwindigkeit langweilig gewesen sein«, sagte Piper. Lythe folgte ihr zögerlich in das Fahrzeug.

»Aber kann es sich denn auch bewegen?«, fragte Siena, die mit Dash den Abschluss bildete.

»Wir werden mal sehen, was dieser böse Junge so alles kann«, sagte Gabriel. Er drehte den großen gelben Schlüssel eine Stufe nach rechts und der Motor erwachte schnurrend zum Leben. Gabriel runzelte die Stirn. Er hatte damit gerechnet, dass das Getriebe krachte, Gummi quietschen und die Räder Staub aufwirbeln würden, aber stattdessen bewegte sich der Panzer ganz sanft, beinahe geräuschlos vorwärts. Na gut, immerhin bewegten sie sich.

Geschwindigkeit erwies sich nicht als die Stärke des Panzers. »Ich glaube, zu Fuß wären wir schneller«, knurrte Gabriel. Siena ließ sich auf einem hinteren Sitz nieder. Tumar und Lythe drängten sich ein bisschen unsicher auf den Sitz neben Gabriel.

Piper schwang sich aus ihrem Luftstuhl und rutschte neben Dash, der sich bemühte, gleichmäßig zu atmen. Er wollte die anderen nicht beunruhigen. Beide setzten zu einem Kommentar über die Sache mit Colin an, schwiegen aber dann doch und starrten aus dem Fenster, bis Piper sagte: »Findest du nicht, es sieht so aus, als würde sich der Berg immer weiter entfernen, anstatt näher zu kommen?«

Dash nickte. Es sah wirklich so aus. »Weil das Tal so weit nach unten führt, ist es nicht ganz einfach, Entfernungen richtig einzuschätzen.«

Piper grinste.

»Was ist denn daran lustig?«, wollte Dash wissen.

»Eigentlich war das nur Small Talk«, sagte Piper.

»Ach so. Genau.« Sie beobachteten wieder, wie die Landschaft an ihnen vorbeizog, bis sie durch das Schaukeln des Panzers beide einschliefen.

Dash riss die Augen wieder auf, als ein rosaroter Plüsch-Oktopus mit einem dumpfen Geräusch auf seiner Brust landete. »Erwache, furchtloser Anführer«, sagte Gabriel, der über ihm stand. »Wir sind am Fuß der Berge angekommen. Lythe kundschaftet für uns die Gegend aus.« Er warf Tumar, der aufrecht dasaß und sich seinen Speer quer über die Knie gelegt hatte, einen schrägen Blick zu.

Dash spürte keine Bewegung der Räder mehr unter sich und rappelte sich auf die Füße. Piper saß schon wieder in ihrem Luftstuhl. »Habt ihr die Oger gesehen?«

Gabriel nickte. »Die gute Nachricht ist, dass unser Plan aufgegangen ist. Die Oger sind gerade dabei, auf den Berg zu steigen.«

»Und die schlechte Nachricht?«

»Sie sind erst zu einem Viertel hochgekommen, und es kann sein, dass sie jetzt ihr Nachtlager aufschlagen. Es sieht so aus, als kämen sie heute nicht mehr höher.«

Dash stöhnte. »Wir liegen schon so weit hinter unserem Zeitplan. Können wir irgendetwas tun, damit sie schneller klettern?«

Siena, die sich von ihnen allen am besten mit Ogern auskannte, schüttelte den Kopf. »Meine Forschungen haben ergeben, dass wir uns mit ihnen nicht verständigen können. Sie haben eine sehr primitive Sprache aus Grunz- und Fauchlauten. Chris hat es nicht geschafft, sie für unseren Übersetzungscomputer nachzuahmen.«

Dash holte tief Luft. »Also gut. Die ZRKs haben uns den Panzer als Zufluchtsort gebaut. Hier drin sind wir über Nacht sicher. Hoffentlich brechen die Oger gleich in der Morgendämmerung wieder auf. Wenn nicht, können wir uns nur auf eine Auseinandersetzung mit ihnen einlassen. Dann müssen wir uns irgendwie verständlich machen.«

»Ich versuche noch mal, unser Schiff anzufunken«, sagte Gabriel. Er tippte schon auf seinem Armbandcomputer herum.

Er öffnete einen Kanal zu allen vier zurückgebliebenen Mitgliedern der Mannschaft.

»Hi!«, rief Carly fröhlich. »Wie läuft es denn bei euch?«

Alle vier packten Gabriels Arm, aber noch bevor jemand etwas sagen konnte, hörten sie etwas, das wie schwere Schritte klang. »Leg auf, leg sofort auf!«, schnauzte Anna.

Dann brach die Verbindung ab.

»Was ist denn jetzt passiert?«, fragte Gabriel. Die Voyagers tauschten ratlose Blicke.

»Meinst du … meinst du, Colin und Anna arbeiten zusammen?«, fragte Siena. Sie schämte sich dafür, dass sie so etwas dachte, aber Anna hatte in der Vergangenheit mehrfach bewiesen, dass sie in der Lage war, ihre Freunde zu verraten. Vielleicht würde sie es ja wieder tun.

Dash sank zurück auf seinen Schlafsack. War es naiv gewesen, anzunehmen, dass Anna sich geändert haben könnte? »Das möchte ich jetzt einfach nicht glauben. Ich bin mir sicher, dass es eine andere Erklärung gibt.«

Es herrschte Schweigen, während jeder nach dieser anderen Erklärung suchte. Ein dröhnendes Klopfen gegen die Panzerwand ließ alle zusammenschrecken.

Tumar verdrehte die Augen. »Das ist doch nur Lythe.«

Dash entriegelte die Vordertür und öffnete sie vorsichtig.

Da draußen stand Lythe. In ihren goldenen Augen spiegelte sich das Licht von Dargons drei Monden. Sie hielt in jeder Hand einen Tragekorb.

»Hunger?«

»Und warum musste ich jetzt das Gespräch abbrechen?«, fragte Carly. Ihre Mannschaftskameraden standen um sie herum. Sie hatten sie in einen neben dem Elementenfuser in die Wand eingebauten engen Lagerraum geschoben. Er war vollkommen überfüllt (besonders, weil die Roboter auch dabei waren – und ihre Gitarre). Carly versuchte, ihren Ellbogen so zu bewegen, dass sie an ihr Handgelenk herankam, aber Annas Schulter war im Weg.

»Ich muss Dash zurückrufen«, sagte Carly. Sie wand sich und versuchte, ihre Arme näher an den Körper zu ziehen. »Was ist, wenn das Landungsteam Probleme hat und uns braucht?«

Ravi packte ihren Arm. »Warte. Wir müssen dir das erklären.«

Sie hob die Augenbrauen. »Was erklären? Dass ihr euch völlig durchgeknallt benehmt?«

»Carly, hör zu«, bat Anna. »Colin hat Chris ausgetrickst. Ich meine, so richtig ausgetrickst. Ich weiß nicht, was vorgefallen ist, aber Chris liegt bewusstlos auf dem Boden der Cloud Kitten. Und Colin hat das Schiff übernommen. Vergiss das Landungsteam. Wir hier haben die eigentlichen Probleme.«

STEAM begann ärgerlich vor sich hin zu schimpfen. SUMI hopste und hüpfte, aber in dem engen Raum konnte sie nirgendwohin gelangen. TULPE wimmerte nur.

Carly riss die Augen auf. »Woher wisst ihr das denn alles?«

»Du hast also sein Gespräch mit Dash nicht mitbekommen?«, fragte Anna.

Carly schüttelte den Kopf.

»Colin hat uns mit Hilfe unserer MTB-Signale aufgespürt«, sagte Anna. »Deswegen solltest du deines nicht benutzen. Offenbar hat er dich irgendwie vergessen.« Anna sah sich im Raum um. »Hast du den ganzen Nachmittag hier hinten gearbeitet?«

Carly nickte. »Gabriels Anruf war der erste, den ich heute Nachmittag bekommen habe.«

»Dann blockiert der Fuser wohl dein Signal«, sagte Ravi. »Oder schwächt es jedenfalls erheblich. Sonst hätte Colin dich auch gefunden. Du solltest dein MTB ausschalten, für alle Fälle.«

Zögernd schaltete Carly ihren Computer aus. Ihr fiel auf, dass die anderen ihre MTBs nicht trugen. »Worüber hat Dash mit Colin geredet?«

»Die Elfen wollten einen Beweis dafür, dass Dash und die anderen wirklich mit Chris unterwegs sind, bevor sie ihre Hilfe zusagten«, berichtete Niko. »Colin hat so getan, als sei er Chris.«

»Wir müssen sie warnen«, sagte Carly.

»Ich glaube, sie wissen es bereits«, erwiderte Ravi. »Ohne seine Brille sieht er vielleicht wie Chris aus, und die Elfen sind auf jeden Fall darauf reingefallen. Aber Dash ist schlau. Er hat die Sache bestimmt durchschaut.«

»Mag sein«, sagte Carly. »Aber wir müssen trotzdem noch in Erfahrung bringen, warum sie uns angefunkt haben.«

»STEAM!«, rief Anna. Sie wandte suchend den Kopf. »Hast du eine Idee, wie wir das Landungsteam kontaktieren können, ohne dass Colin das Signal entdeckt? Ich bin mir sicher, er überwacht das ganze Raumschiff.«

Im ersten Moment schien STEAM davon überrascht, dass Anna ihn angesprochen hatte. Das kam selten vor. Aber nachdem er einige Sekunden lang gerechnet hatte, antwortete er: »Ja.«

Sie wartete, dann zwang sie sich, nicht ärgerlich zu werden. »Verrätst du uns jetzt auch, wie es geht?«

STEAM zeigte auf SUMI, die zwitschernd auf und ab hopste und dann stolz sagte: »Ich.«

»Das war die beste Erdbeere, die ich jemals gegessen habe«, erklärte Piper. Sie wischte sich mit dem Unterarm den rosafarbenen Saft vom Kinn. »Vielen Dank.«

»Gern geschehen«, sagte Lythe strahlend. »Es freut mich, dass euch das Essen geschmeckt hat.«

»Also, mir hat es gar nicht geschmeckt«, sagte Gabriel mit vollem Mund und spießte mit der Gabel seine achte Beere auf.

Lythe sah ihn bestürzt an. »Oh … das tut mir leid … So dicht bei den Bergen konnte ich nichts anderes finden.«

Gabriel ließ die Gabel sinken. »Nein, mir tut es leid … das war doch nur ein Witz.«

Lythe schüttelte den Kopf. »Ich weiß nicht, was das bedeutet.«

Also brachte Gabriel die nächsten zehn Minuten mit dem Versuch zu, sie zum Lachen zu bringen. Er stellte Rätsel, machte Wortspiele und erzählte Klopf-klopf-Witze. Piper, Siena und Dash ächzten bei jedem Witz lauter. Lythe und Tumar wirkten in erster Linie verwirrt. Allerdings mochten offenbar beide den Klopf-klopf-Witz mit »Anna wer? Anna Tür steht jemand.« Jedenfalls erzeugten ihre Kehlen Geräusche, die sich als Lachen interpretieren ließen. Zumindest wurde Tumar ein bisschen zugänglicher.

»Tut mir ja leid, dass ich eure Party sprenge«, sagte Dash zu ihren Gästen, »aber habt ihr vielleicht eine Idee, wie wir die Oger dazu bewegen könnten, schneller auf den Berg zu steigen?«

Die Cousins sahen einander an und schüttelten die Köpfe. »In den Tagen vor dem Großen Frieden war es unserem Volk eine große Hilfe, dass die Oger nur so langsam klettern«, sagte Tumar. »Wenn wir sahen, dass sie sich auf den Weg in die Berge machten, wussten wir, dass wir mehrere Tage Zeit hatten, um uns ein Versteck zu suchen, die Bäume gründlich zu wässern und unsere Dörfer so gut zu sichern, wie es nur ging.«

»Hast du gerade *mehrere Tage* gesagt?« Dash starrte ihn an. »Also mehr als einen Tag?«

Die Elfen nickten. »Die Berge sind höher, als es scheint.«

»Das ist uns schon aufgefallen.« Piper runzelte die Stirn. Dann fragte sie: »Wie finden die Oger die Drachen denn überhaupt?«

»Die Drachen besitzen eine natürliche Tarnung. Sie verschmelzen mit den Felsen, sodass es beinahe unmöglich ist, sie zu entdecken«, erklärte Lythe.

»Wenn sie schlafen, sondern sie einen speziellen Geruch ab«, ergänzte Tumar. »Er ist so schwach, dass wir ihn nicht wahrnehmen. Die Oger jedoch schon. Mit einer so riesigen Nase kann man wahrscheinlich alles riechen. Dieser Geruch führt sie auf direktem Weg zu den Drachenhöhlen.«

»Chris hat gesagt, wir Menschen können die Drachen auch nicht riechen«, sagte Gabriel. Da knisterte plötzlich sein MTB, der Bildschirm ging an. Gabriel zuckte erschreckt zusammen.

»Hi, Gabriel? Hört mich jemand?« Durch das Knistern drang Carlys Stimme.

»Wir können dich hören«, antwortete Gabriel schnell. Er hob seinen Arm. »Ich kann dich auf dem Bildschirm aber nicht sehen.«

»Ich benutze mein MTB nicht«, erklärte Carly hastig. »Ich melde mich über SUMI. Über den Kanal, den du angelegt hast, um Piper auf der Light Blade zu erreichen.«

»Oh«, sagte Gabriel. »Cool.«

Dash beugte sich herüber. »Carly! Geht es euch gut? Warum hat sich Colin als Chris ausgegeben? Ist mit Chris alles in Ordnung? Und wo ist Anna?«

»Was meinst du mit ›Wo ist Anna?‹?«, fragte Anna. »Ich bin hier und kümmere mich um alles, während du ...«

»Uns geht es gut«, unterbrach Carly. »Na ja, so im Großen und Ganzen. Colin hat Chris bewusstlos geschlagen.« Das Landungsteam tauschte beunruhigte Blicke. »Aber mach dir um uns keine Sorgen«, fuhr Carly fort. »Anna und ich haben einen Plan ausgeheckt.«

Dash hob eine Augenbraue. Carly klang eigentlich normal, und wenn sie mit Anna zusammenarbeitete, dann half Anna Colin vielleicht doch nicht. Vielleicht hatte Dash mit seinem Verdacht gegen Anna ja falsch gelegen.

»Was ist bei euch da unten los?«, fragte Carly.

Gabriel berichtete, dass die Oger zu langsam bergauf stiegen, und fasste ihr Gespräch mit Lythe und Tumar zusammen. Nun ja, er redete fast nur über Lythe.

»Warte mal einen Moment.« Carly klang zerstreut. Das Landungsteam hörte Stimmen, die sich aufgeregt unterhielten, auch STEAM und SUMI mischten sich ein. Dann ertönte Annas Stimme. »Dash! Carly und ich, wir glauben, dass wir den Geruch im Labor synthetisieren könnten. Dann würden wir die Sensoren der Cloud Cat so programmieren, dass sie die chemische Signatur erkennen, runterfliegen und ein paar Drachen aufscheuchen könnte. Allerdings müssen die Elfen uns helfen.«

Lythe und Tumar sahen einander an. Aus ihren ratlosen Mienen war zu lesen, dass sie keine Ahnung hatten, worüber Anna redete.

»Eigentlich wollen sie wissen, ob ihr etwas besorgen könnt, was nach Drachen riecht«, erklärte Gabriel. »Dann könnten sie versuchen, den Geruch nachzumachen, und unser kleines Schiff könnte ihn damit hier aufspüren.«

»Meinst du die Flugmaschine von dem Gemälde auf dem Hornbaum?«, fragte Tumar. Seine Augen leuchteten. »Können wir es dann sehen?«

Dash und Gabriel wechselten einen Blick. Vielleicht ließ sich Tumar auf diese Weise überzeugen, ihnen zu helfen. Dash nickte. »Ihr könnt es nicht nur sehen«, sagte er. »Ihr könnt sogar mitfliegen.«

Tumar sprang auf. »Ich weiß, wo man in der Nähe Drachenschlacke finden kann. Würde das helfen?«

Wieder hörte man Stimmengewirr am anderen Ende. Dann meldete sich Anna zurück. »STEAM sagt, wenn ihr mit eurem Mobile Tech Band ein Objekt analysiert, das die Drachen zurückgelassen haben, könnte das funktionieren. Ihr schickt uns die Daten und wir bauen es hier sozusagen nach. Es wäre zu riskant, heute Nacht zu euch runterzufliegen. Colin könnte uns schnappen.«

»Wir tun, was wir können«, versprach Gabriel. »Zu dumm, dass der Elementenfuser frische Schlacke braucht, sonst wären wir jetzt fein raus«, murmelte er, als die Verbindung abbrach. »Also, wohin geht die Reise?«, fragte er dann Tumar, während er sich wieder ans Steuer des Panzers setzte.

Tumar schüttelte den Kopf. »Ihr könnt nicht hinfahren. Wenn ihr noch einmal einen unserer heiligen Orte betretet und König Urelio das erfährt, wird er auf jeden Fall das Horn blasen.«

Lythe stand auf. »Wir besorgen euch die Schlacke«, sagte sie. »Wir werden zurück sein, bevor der zweite Mond im Norden untergegangen ist.« Lythe und ihr Cousin griffen nach ihren Umhängen und sausten aus der Tür.

»Wartet mal – wann ist das denn?«, rief Gabriel ihnen nach. Aber sie waren schon verschwunden.

Oben auf der Cloud Leopard waren nun mehrere Stunden vergangen. SUMI hüpfte hinüber zu Anna und Carly, die wie die Wilden programmierten. Ihre Arbeit wäre schneller vorangegangen, hätten sie sich nicht ständig umgesehen. Sie fürchteten, Colin könnte plötzlich hinter ihnen auftauchen.

»Ich habe die Daten!«, quiekte SUMI. »Druckvorgang läuft.« SUMI hob ihren Arm und aus einem Schlitz unter ihrer Achsel, der Carly noch nie aufgefallen war, ratterte ein langer Papierstreifen.

»Danke, SUMI«, sagte Carly. Sie studierte den Ausdruck und reichte ihn an Anna weiter. »Was meinst du?«

»Ich glaube, wir haben hier das Rezept für die Drachenschlacke.«

»Meinst du, wir können den Teil des Geruchs, der vom Drachen stammt, von dem Teil abtrennen, der vom Baum stammt?«

Anna schüttelte den Kopf. »Ich glaube nicht, dass ich das schaffe. Aber ich glaube, dass wir das schaffen.«

Gemeinsam brauchten sie eine weitere Stunde, bis sie davon überzeugt waren, es geschafft zu haben. Nun mussten sie aufgrund der erarbeiteten Formel nur noch im Labor ein Gas herstellen. Glücklicherweise übernahm zum größten Teil der Computer diese Aufgabe. Er füllte ein Röhrchen mit einem schlierigen grauen Gebräu. Anna stöpselte das Röhrchen zu, wickelte es sorgfältig ein und dann flogen Carly und sie durch die Röhren zum Maschinenraum.

Ravi wartete bereits vor der Cloud Cat. »Wo ist Niko?«, fragte Carly, als Anna Ravi das Röhrchen überreichte.

Ravi verzog das Gesicht. »Colin hat ihn für irgendetwas gebraucht. Ich weiß nicht, worum es ging.«

»Das klingt nicht gut«, murmelte Carly.

»Wo wir gerade von gut sprechen.« Ravi hielt das Röhrchen mit beiden Händen. »Ich habe eine gute und eine schlechte Nachricht. Welche möchtet ihr zuerst hören?«

Die Mädchen stöhnten. »Die gute«, antwortete Anna.

»Also, wir haben herausgekriegt, wie wir das Schiff so programmieren können, dass es dem Geruch der Drachen folgt.«

»Cool«, sagte Carly. »Und was ist die schlechte Nachricht?«

»Dass es ungefähr eine Woche dauern würde.«

Sie sackten in sich zusammen. Annas Augen blitzten.

»Was sollen wir jetzt machen?«, jammerte Carly. »Die ganze Arbeit war umsonst.«

Rocket kam in den Raum getrabt und legte sich vor Carlys Füße. Seine Ohren schlackerten und sie kauerte sich neben ihn auf den Boden. »Ich glaube, Rocket ist genauso unglücklich wie wir.« Sie begann, seinen Kopf zu streicheln. Vielleicht würde das ja sie beide beruhigen.

Anna starrte auf den Hund hinunter. In ihrem Kopf begann sich ein Räderwerk zu drehen.

»Und wenn …«, fing sie an, »wenn Rocket es schaffen würde?«

»Was schaffen?«, fragte Ravi.

»Dem Geruch folgen«, sagte Anna und tippte mit dem Finger auf Rockets Nase.

»Ich finde, wir müssen Niko holen.« Carly stand auf und wischte sich Hundehaare von der Hose. »Wir müssen zusammenhalten. Es macht mich ganz nervös, dass er nicht da ist.«

»Also gut, dann machen wir mit Rocket mal einen Probedurchlauf«, schlug Anna vor. »Wir brauchen etwas, was nach Niko riecht.«

»Hey, ZRKs!«, rief Ravi laut. Die beiden ZRKs, die am nächsten waren, kamen angeflogen und sausten um ihre Köpfe. »Bitte bringt uns ein paar Socken von Niko. Je dreckiger und stinkiger, desto besser.«

Die ZRKs kamen schon eine Minute später wieder an. Jedes von ihnen hielt mit seinem winzigen Greifhändchen eine graue Socke umklammert. Sie ließen ihre Fracht vor Carlys Füße fallen. Diese hob sie mit zwei Fingern auf und hielt sie auf Armeslänge vor sich.

»Also gut«, sagte sie. »Und jetzt?«

»Wir brauchen ein Leckerli.« Anna zog einen Hundekeks aus einer Packung Hundefutter, die in der Nähe lag.

Sie versteckte das Leckerli in einer der Socken und streckte ihre Hand nach Rocket aus. Der Hund schnappte nach der Socke, warf sie spielerisch herum und hob sie wieder auf. Er rieb seine Nase daran und gab sich größte Mühe, den Hundekeks herauszuschütteln.

»Braver Hund!«, ermunterte ihn Anna.

»Armer Kerl. Wahrscheinlich hat er nichts gefressen, seit Colin übernommen hat«, sagte Ravi.

»Jetzt legen wir verschiedene Objekte in einen anderen Raum. Aber nur eins davon enthält einen Keks«, sagte Anna.

Carly verteilte ein Sofakissen, einen Schaumgummiball, die Socken und einen ihrer eigenen Sneaker.

Anna schickte den Hund in den Flur. »Los, such, Rocket!«

Rocket beschnupperte alle Gegenstände, entschied sich aber – wenig überraschend – für die Socken mit dem Leckerli. Anna lobte ihn überschwänglich.

Beim zweiten Mal legte sie die Socken nicht hin. Sie führte ihn in den Flur und sagte: »Los, Rocket. Such!« Dann schubste sie ihn sanft an, tätschelte ihn noch einmal und wiederholte das Kommando.

Rocket drehte sich im Kreis, dann rannte er direkt auf die Wand zu, hinter der das an Chris' Raum angeschlossene Zimmer lag.

»Ich glaube, er hat's kapiert«, sagte Ravi. »Falls er nicht einfach nur gegen die Wand läuft.«

»Braver Hund«, lobten die Mädchen und kraulten Rocket hinter den Ohren.

»Also gut«, sagte Ravi. »Dann müssen wir wohl direkt in die Höhle des bösen Zwillings zurückkehren und nachsehen, ob Niko unserer Rettung bedarf.«

»Nicht nötig!« Niko tauchte plötzlich hinter der nächsten Ecke auf. »Ich bin entlassen.«

Sie rannten zu ihm, umringten ihn. »Was ist passiert?«, fragte Carly. »Alles klar bei dir?«

Niko nickte. »Es war sehr merkwürdig. Er ist an irgendeinem Problem mit der Cloud Kitten hängen geblieben, da hat er gesagt, ich soll versuchen, die Information von Chris zu bekommen.«

»Chris ist wach? Das ist großartig!«, sagte Carly.

Niko schüttelte den Kopf. »Nein. Ich habe es mit Akupressur versucht, aber es hat nicht funktioniert. Jedenfalls nicht so gut

wie bei Dash. Er war nur einen kurzen Moment lang wach –
gerade so lange, dass Colin seine Frage stellen konnte. Aber ich
habe etwas anderes herausgefunden.«

Carlys Miene verdüsterte sich. »Und was?«

»Colin hat davon geredet, dass es nur ein geeignetes Gegenmittel gibt, mit dem man Chris helfen könnte, und ich vermute,
das bedeutet, dass er Chris irgendwie vergiftet hat«, sagte Niko.
»Außerdem ist er nervös geworden, wenn ich in die Nähe von
Chris' Zimmer gekommen bin, als würde er da drin etwas ver-
stecken. Vielleicht gibt es da ein Gegenmittel?«

»Gut.« Anna übernahm wieder das Kommando. »Carly, fällt
dir etwas ein, womit du Colin lang genug ablenken kannst, bis
Niko Chris' Raum nach dem Gegenmittel abgesucht hat?«

»STEAM, SUMI und mir fällt garantiert etwas ein.« Carly
lächelte.

»Super. Ravi und ich fliegen in derselben Zeit runter auf
den Planeten und bringen Rocket zum Landungsteam«, sagte
Anna. »Dann fällt Colin auch nicht auf, dass wir das Raumschiff verlassen.«

»Aber die Cloud Cat ist direkt mit der Bordsteuerung verbunden«, widersprach Carly. »Colin würde es auf jeden Fall bemerken, wenn die Cloud Cat verschwinden würde.«

»Wir nehmen nicht die Cloud Cat«, sagte Anna.

»Nein?« Ravi klang ein bisschen enttäuscht. »Ich halte nicht
so viel davon, mit einem Hund unterm Arm einfach auf einen
Planeten abzuspringen. Jedenfalls nicht, solange die ZRKs nicht
fliegende Raumanzüge für uns entwickelt haben.«

Die ZRKs flitzten im Raum herum und drehten ihre Plastik-
köpfe in alle Richtungen.

»Nein«, sagte Anna. »Wir nehmen die Clipper.«

»Diesen Schrotthaufen?«, fragte Niko. »Ihr Antriebssystem

ist kaputt, falls du dich erinnerst. Wir mussten uns hierher treiben lassen.«

»Ich erinnere mich natürlich«, sagte Anna. »Aber ich habe auch gehört, wie Chris gesagt hat, dass die ZRKs es während des Gammaflugs repariert haben. Wenn wir schnell genug sind und Carly Colin ablenkt, können wir verschwinden, ohne dass Colin es bemerkt. Solange unsere Aufgaben an Bord erledigt werden, kommt er vielleicht nicht dahinter.«

Carly nicke. »Ja, das könnte funktionieren.«

Die Morgendämmerung auf Dargon kam sehr schnell.

Gerade noch hatte das Landungsteam fest geschlafen und nur ihre MTBs hatten in der Dunkelheit sanft geleuchtet. Im nächsten Moment strömte Sonnenlicht durch die kleinen Fenster und im Inneren des Panzers wurde es hell, als hätte jemand eine Tausend-Watt-Glühbirne eingeschaltet. Alle stöhnten und legten sich die Arme über die Augen.

Die Tür des Panzers flog krachend auf. Siena hatte gerade noch Zeit, ihre Beine wegzuziehen. Lythe und Tumar standen im Eingang.

»Schlaft ihr beide eigentlich nie?«, ächzte Siena.

»Ein fliegendes Schiff ist gelandet!«, sagte Tumar, ohne Siena weiter zu beachten.

Alle rappelten sich auf die Füße. »Wo?«, fragte Dash.

»Genau hier«, sagte Ravi. Er stand direkt hinter Tumar und Lythe, und Rocket folgte ihm auf den Fersen.

»Rocket!« Piper warf ihre Decke zur Seite. Der Hund kam in den Panzer gesprungen und leckte Piper über das Gesicht, bis sie ihn zur Seite schieben musste. Sie legte ihre Arme um seinen Hals und ihr Gesicht auf seine Stirn. »Was macht denn der hier?«, wollte sie von Ravi wissen.

»Der sucht für uns ein paar Drachen«, erwiderte der.

»Bitte?« Gabriel blinzelte verblüfft. »Und was ist aus dem ursprünglichen Plan geworden?«

»Na ja, der Zeitplan wäre nicht so ganz aufgegangen.« Ravi sah nicht in Dashs Richtung.

Falls es Dash aufgefallen war, sagte er nichts dazu. Er war sehr damit beschäftigt, seinen Rucksack zu durchwühlen. Endlich fand er seine Spritze, wandte sich von der Mannschaft ab und stach sie in sein Bein. Als er sich wieder umwandte, taten alle so, als hätten sie nichts gesehen.

»Ist schon in Ordnung«, sagte er. »Es war meine letzte. Vielleicht sollten wir jetzt feiern oder so was.« Er lächelte, aber keinem der anderen war nach Lachen zumute.

Einen Moment lang herrschte im Raumschiff verlegenes Schweigen. Nur Gabriel bemühte sich um Normalität. »Und was passiert jetzt?«, fragte er.

»Jetzt geht's los.« Anna tauchte neben Ravi auf.

»Wo ist Niko?«, fragte Dash überrascht. Eigentlich hatte ihn Anna ja auf der Cloud Leopard gemeinsam mit Carly vertreten sollen.

»Er meint, er kann Chris vielleicht aufwecken«, antwortete Anna. »Deswegen bin ich an seiner Stelle hier. Du brauchst mich sowieso, damit ich dir mit Rocket helfen kann.«

»Da sind sie«, sagte Siena, die aufgestanden war, um nach den Ogern Ausschau zu halten. Sie senkte ihr Fernglas und deutete auf einen schattigen Fleck am Berghang. Die Oger waren seit gestern ein Stückchen höher gekommen, aber sie hatten trotzdem erst den halben Weg nach oben zurückgelegt.

Dash seufzte. »Also gut, wir brauchen einen neuen Plan. Da

Chris uns nicht darauf vorbereitet hat, auf den Berg zu steigen, sind wir jetzt auf uns selbst gestellt. Wir wissen noch nicht einmal, ob die Luft dort oben zu atmen ist. Wenn jemand Rocket herumführt, müsste ich das machen.«

»Du?«, fragte Gabriel. »Du bist der Letzte, der das übernehmen sollte. Nicht böse gemeint.«

»Mir geht's gut«, log Dash. Genau genommen schmerzten seine Knochen, aber es war nicht so schlimm, er konnte gut damit umgehen. »Der Kapitän sollte das größte Risiko tragen, das wisst ihr doch. Und alle anderen haben ihre eigenen Aufgaben. Außerdem brauche ich dich – du musst mit dem König reden.«

»Ich dachte, ich dürfte die Cloud Cat fliegen«, beschwerte sich Gabriel. Er hatte so gehofft, er könnte Lythe mit seinen Flugkünsten beeindrucken.

»Ravi wird das Schiff steuern«, erklärte Anna. »Wir mussten die Clipper mitbringen, sonst hätte Colin uns erwischt.«

Dash nickte. »Und außerdem, Gabriel, hast du von uns allen ja das engste Verhältnis«, er räusperte sich und warf einen Blick auf Lythe, »zu den Elfen. Wenn irgendjemand den König davon abhalten kann, das Horn zu blasen, dann du.«

Gabriel grinste und stellte sich ein bisschen gerader hin. »Ich bin ja auch ziemlich charmant, oder?«

Siena trat ihm gegen das Schienbein.

»Also«, fuhr Dash fort, ohne auf Gabriels Kommentar einzugehen. »Ravi wird dich und Piper mit Lythe zu einem Treffen mit dem König fliegen. Wir müssen wissen, welchen Baum wir verbrennen lassen dürfen, damit wir den Drachen entsprechend steuern können. Gabriel, du musst Ravi per Funk die exakten Koordinaten durchgeben.«

»Alles klar.« Gabriel salutierte.

»Und was machen Anna und ich?«, fragte Siena.

»Ihr fliegt auch mit. Tumar kann dich den anderen Elfen vorstellen, und ihr könnt ihnen helfen, ihr Dorf zu verteidigen. Wenn unser Plan aufgeht, werden wir die Oger gar nicht mehr brauchen, dann können wir sie wieder in Schlaf versetzen, sobald ein Drache vom Berg herunterkommt. Aber wenn nicht, musst du sicherstellen, dass König Urelio das Horn nicht zu früh bläst.«

Anna nickte. »Alles klar. Das ist ein guter Plan. Dann sollten wir loslegen.«

Rocket hatte eine ordentliche Nase voll Drachengeruch eingesogen, nun nahm er Witterung auf. Dash hielt ihn an einer Leine, die er aus einer Liane angefertigt hatte. Ravi war unterwegs, um das restliche Landungsteam am Elfendorf abzusetzen, und wollte dann zurückkommen, um Dash wieder aufzulesen. Dann würden sie gemeinsam einen Drachen aufscheuchen.

Die Luft hier oben auf dem Gipfel war dünn, man konnte sie aber atmen. Vereinzelte Bäume und Büsche umrahmten tiefe Schluchten und riesige Felsen verbargen Höhlen und Grotten. Nirgendwo war eine Spur des Mooses zu sehen, das im Klima des Tieflands so prächtig gedieh. Das hatte sein Gutes, denn die Felsen waren auch so schon schlüpfrig genug.

Die Gipfelregion umfasste ein weit größeres Gebiet, als Dash vom Tal aus geschätzt hatte. Der Ausblick war fantastisch. Von hier oben aus gesehen wirkte der Elfenwald winzig. Dash konnte den weiten Ozean sehen und weiter hinten sogar eine weitere Landmasse. Dort drüben erhoben sich ähnliche Berggipfel und Dash fragte sich, ob auf jenen Inseln wohl ebenfalls Oger und Drachen wohnten. Es war vollkommen still.

Einen Moment lang hatte er das Gefühl, er sei der einzige Mensch auf dem Planeten. Aber er fühlte sich nicht einsam. Vielmehr ergriff ihn eine tiefe Ruhe, als er weiterging.

Ohne Hilfe von Rockets Nase hätte Dash nicht die leiseste Idee gehabt, wohin er gehen sollte. Die Felsenlandschaft erstreckte sich buchstäblich bis zum fernen Horizont. Rocket schniefte einmal heftig, dann wandte er sich nach Norden. Sie trafen auf eine lange Reihe von Holzhütten, in denen die Oger wohl einmal gewohnt hatten. Der Wind von hundert Jahren und entsprechend mangelnde Pflege hatten die meisten davon einstürzen lassen. Die Oger würden dies wohl nicht gerade erfreut zur Kenntnis nehmen, wenn sie hier heraufkamen, bevor das Horn wieder geblasen wurde.

Kurz nachdem sie einen schmalen Bach überquert hatten, hielt Rocket an, seine Pfoten traten auf der Stelle. Dash wäre beinahe nach hinten gekippt, aber Rocket ging gerade so weit vor, dass Dash auf festem Boden zu stehen kam.

»Riechst du etwas?«, fragte Dash. Er zog das Röhrchen mit dem künstlichen Drachengeruch aus seiner Tasche und ließ Rocket noch einmal daran riechen. Dann gab er ihm ein Leckerli und sagte: »Los, Rocket, such!«

Rocket ging zögernd weiter, dann beschleunigte er sein Tempo. Er hielt die Nase in die Luft gereckt, schnüffelte an Felsen und Baumstämmen. Dash hob den Arm und meldete sich bei Ravi. »Ich glaube, wir sind nahe dran«, sagte er in sein MTB. »Hast du etwas von Gabriel gehört?«

»Noch nicht«, antwortete Ravi.

»Kannst du ihn dann mal anfunken?«, fragte Dash. Er bemühte sich, mit Rocket Schritt zu halten, der nun schon beinahe rannte. »Es könnte sein, dass wir einen Drachen gefunden haben.«

Ravis Stimme dröhnte laut aus Gabriels MTB, als König Urelio gerade sprach. Hastig drehte er den Ton leiser.

»Ähm, ja, ich rede gerade mit ihm«, sagte Gabriel, ohne dem, was Ravi gesagt hatte, wirklich Beachtung zu schenken. Seine Stimme klang angespannt. »Er freut sich nicht gerade über das Wiedersehen mit uns und auch nicht über den Vorschlag, dass er uns einen Baum zum Verbrennen zur Verfügung stellen soll. Na ja, und im Moment starrt er mich ziemlich wütend an. Ich vermute, ein paar von den Ogern sind ziemlich lästig geworden oder so was.«

»Junge, ich brauche die Koordinaten«, sagte Ravi. »Es kann sein, dass Dash gerade einem Drachen direkt vor die Schnauze läuft.«

»Ich tue, was ich kann«, sagte Gabriel.

Rocket führte Dash weiter den Berg hinauf, bis sie eine Art Hochebene erreichten. Ungefähr sieben Meter vor ihnen bewegten sich direkt neben einem riesigen Loch im Boden einige Felsen, sie zitterten und bebten. Dash sah genauer hin: Waren sie vielleicht in Wirklichkeit Teile eines Drachen? Nein, es waren richtige Felsen. Die Erschütterungen stammten von einem Drachen, der sich unter diesen Felsen befinden musste. Vielleicht wusste der Drache von Dashs Anwesenheit, vielleicht auch nicht.

»Braver Hund«, flüsterte Dash. Er steckte dem Hund mit zitternden Händen einen Leckerbissen zu, wie Anna es ihm geraten hatte.

Dash entdeckte einen Felsen, der ihm als Versteck dienen konnte. Er befand sich in sicherer Entfernung von der Drachenhöhle (aber gab es überhaupt so etwas wie eine sichere Entfernung von einem Feuer speienden Drachen, ganz davon abgese-

hen, dass man sich gerade auf einem fremden Planeten befand?).
Dash kauerte sich hinter den Felsen und wartete auf Ravi.

Und wartete.

Und wartete noch ein bisschen länger.

Immer wieder suchte Dash den Himmel nach Ravi ab, immer wieder überprüfte er sein MTB auf irgendwelche Nachrichten. Bis jetzt nichts. Er wollte nicht zu laut sein, um den Drachen nicht zu wecken, aber er war sich nicht sicher, wie lange er noch hier ausharren konnte.

Er tippte eine kurze Nachricht an Ravi ein: Schon was gehört?

Aber Ravi antwortete nicht.

Komm schon, Gabriel, dachte Dash.

Seine Füße kribbelten, weil er schon so lang zusammengekauert hinter dem Felsen saß. Er beschloss, Gabriel anzufunken.

»Gabriel!« Dash versuchte, gleichzeitig zu flüstern und zu schreien. Sein Herz klopfte wie verrückt. »Ich glaube, ich sehe gleich einen Drachen. Ich würde jetzt einfach gerne wissen, wo ich ihn hinlotsen soll.«

»Okay, okay, hab's verstanden«, sagte Gabriel.

Dash hörte, wie Gabriel mit dem König verhandelte. Er hätte wissen müssen, dass der König im Ernstfall nicht so einfach einen seiner Bäume aufgeben würde.

Gabriel redete sehr schnell. »Wenn Sie zulassen, dass wir einen Teil eines Baumes verbrennen – nicht mal den ganzen –, na gut, doch den ganzen, weil wir ja die Wurzel brauchen, aber vielleicht steht irgendwo ein Baum, der Ihnen überhaupt nicht mehr gefällt? Wenn Sie uns einen geben … dann bekommen Sie dafür den Stuhl, in dem unsere Freundin herumfliegen kann.«

»Abgemacht«, rief der König, ohne zu zögern.

»Das ist nett«, antwortete Gabriel. Er musste Ravi unbedingt sagen, dass er einen der Ersatzstühle von der Cloud Leopard mitbringen musste. An Dash meldete er: »War ein Kinderspiel, Mann. Ich melde Ravi die Koordinaten.«

Dash grinste. »Gut reagiert.«

»Eine meiner einfachsten Übungen, mein Freund«, erwiderte Gabriel.

Wenige Sekunden später tauchte die Clipper über dem Felsen auf und ging in den Sinkflug. Zweifellos sah auch Ravi das Ungeheuer, das sich nun aus der Höhle erhob. Zuerst erkannte Dash nur eine Reihe gebogener schwarzer Hörner, die sich über einen schuppigen Rücken zogen. Das reichte eigentlich schon.

»Ich erwarte dich auf dem flachen Felsvorsprung vierzig Grad zu deiner Linken.« Ravis Anweisung kam keine Sekunde zu früh.

Dash sah sofort, welche Stelle Ravi meinte, aber als er losgehen wollte, stelle Rocket sich stur. Schließlich wollte er noch sein Suchspiel zu Ende spielen.

»Du hast es doch geschafft, Junge.« Dash tätschelte ihm den Kopf. »Wir müssen wirklich nicht noch näher drangehen.« Er musste noch ein paar Mal an der Leine rucken, aber schließlich rannte Rocket neben Dash her in Richtung Raumschiff.

Ein Schrei zerriss die Stelle. Dash hatte noch nie etwas dergleichen gehört. Es war eine Mischung aus Kreischen, Röhren, Zischen und Rauschen. Unverkennbar war es der Schrei eines äußerst gereizten Drachen.

Dash wandte sich langsam um, bemüht, nicht allzu viel Aufmerksamkeit auf sich zu lenken. Chris hatte ja gesagt, dass Drachen nicht gut mit anderen Drachen zurechtkamen, und

Dash war nicht gewillt, in eine Art Bürgerkrieg verwickelt zu werden.

Ein einzelner Drache war aus der Grube herausgekrochen. Dash ließ seinen Blick über die Landschaft wandern. Im Moment regte sich an keiner anderen Stelle etwas. Das Ungeheuer, etwa von der Größe des Raumtransporters, stand auf kurzen, dicken Beinen und fixierte Dash mit seinen pechschwarzen Augen. Dann schüttelte es seinen Rücken und entfaltete dabei zwei lange, schuppige Flügel, von deren Rändern sich scharfe Stacheln abspreizten. Der Drache hob drohend den Kopf und fletschte zwei Reihen scharfkantiger Zähne. Seine Nüstern bebten und er spie einen Feuerstrahl direkt in Dashs Richtung. Dash duckte sich, schützte den zitternden Hund mit seinem eigenen Körper. Schnell stellte er fest, dass die Flammen nur wenige Zentimeter vor die langen Drachenschnauze reichten. Entweder war das schon alles, was der Drache aufbieten konnte, oder er musste erst noch warmlaufen. Dash hatte kein Interesse daran, das herauszufinden.

Ravi riss die Tür der Clipper auf. »Los, schnell.«

Das musste man Dash nicht zweimal sagen. Er nahm den zitternden Rocket auf den Arm und rannte zum Schiff hinüber. Jeder Schritt löste eine Welle von Schmerzen aus, aber das ignorierte er einfach. Er zog die Tür hinter sich zu und in derselben Sekunde hob Ravi ab. Der Drache duckte sich, dann schwang er sich in die Luft, um ihnen zu folgen.

»**Weißt du**, wo du hinmusst?«, fragte Dash atemlos, während er sich hastig anschnallte.

Ravi nickte und überprüfte noch einmal die Koordinaten, während der Raumtransporter sich über die Berge erhob. »Wird schon schiefgehen«, murmelte er, während er sein Bestes tat, um dem Ungeheuer, das zum Herrscher der Lüfte geschaffen war, auszuweichen. Wenigstens brauchten sie sich keine Sorgen darüber zu machen, ob es sie denn wirklich verfolgen würde. Ja, das tat es, ganz eindeutig.

Ravi manövrierte das Schiff zwischen den Berggipfeln entlang, ließ es absacken, wich dabei ständig den Feuerstößen des Drachen aus und wandte sich schließlich in Richtung Tiefland. Hoffentlich hatte Ike Phillips daran gedacht, die Clipper aus feuerfestem Material zu bauen! Ravi hatte da irgendwie seine Zweifel. Er warf einen Blick auf Dash, der die Armlehnen seines Flugsessels umklammerte, als das Schiff sich beinahe auf den Rücken legte. Rocket winselte und zitterte. Dash zog den Hund dicht an sich heran. Ravi fragte sich, wer hier wen tröstete.

In Zickzacklinien näherte er sich dem Boden. Vielleicht konnte er den Drachen ausbremsen, wenn er nicht in einer geraden Linie flog. Aber der Feueratem verfehlte das Heck der Clipper nur knapp.

»Hör mal«, sagte Ravi. Während er redete, hielt er seinen Blick auf die Heckkamera gerichtet. »Ich will dir ja nicht noch mehr Stress machen, aber ich glaube kaum, dass Colin aufgeben wird. Wir sind zu acht und er ist allein, aber er ist wahnsinnig stark. Wir müssen uns einen Trick einfallen lassen, um ihn aufzuhalten.«

Dash stieß einen kurzen Schrei aus, als der Drache plötzlich beschleunigte und nun vor dem Schiff auftauchte. Einer seiner riesigen Flügel schmetterte gegen das Vorderfenster, auf dessen Oberfläche ein dünner Riss erschien. Der Drache hob seinen Flügel noch einmal und Ravi musste das Schiff tief nach unten sacken lassen, um einem weiteren Angriff zu entgehen. Er beschleunigte, um den Drachen wieder überholen zu können. Schließlich wollte er den Drachen nicht verfolgen, sondern ihn führen.

»Ich überlege mir etwas wegen Colin«, versprach Dash. Ravi flog eine Schleife übers Meer und wandte sich dann wieder in Richtung Wald. Der Drache blieb ihnen knapp auf den Fersen.

Dash zwang sich, tief durchzuatmen und nachzudenken. Seine Fähigkeit, Lösungen für schwierige Probleme zu finden, hatte ihm einen Platz in der Mannschaft und zu einem beträchtlichen Teil auch seinen Rang als Kapitän eingebracht. Er musste sich eigentlich nur konzentrieren und die Situation von allen Seiten betrachten… und das war so ungefähr das Letzte, wozu er in ihrer aktuellen Lage fähig war.

Vom Bordcomputer her brummte ein Alarmton. Sie befanden sich in der Nähe des ausgewählten Baums.

»Sieh mal.« Ravi deutete aus einem Seitenfenster. Die Elfen hatten einen Kreis aus etwas, das wie weiße Kreide aussah und vermutlich etwas anderes war, um einen Baum gezogen. Es handelte sich um einen der letzten Bäume am östlichen Rand der Wälder, dort, wo der Wald in Grasland und Wildblumenwiesen überging.

Vor dem Baum stand eine Reihe Menschen und Elfen unterschiedlicher Größe. Sie entdeckten mindestens zwanzig Elfen, die mit Speeren und Eimern ausgerüstet waren, Piper und Gabriel (ebenfalls mit Eimern), zwei kleine, stämmige Gestalten, die Dash aufgrund der Zeichnungen auf dem Baum als Oger erkannte. Auch Riesen waren dabei, einer von ihnen trug ein Kleid. Ein riesiges, rosa-grünes Kleid. Dash rieb sich die Augen und sah noch einmal hin. Es war vielleicht die merkwürdigste Truppe aller Zeiten! Er warf einen Blick aus dem Heckfenster. »Ähm … wo ist er hin?«, fragte er.

Noch bevor Ravi antworten konnte, erzitterte das Schiff und sank so tief, dass es jetzt beinahe die Baumwipfel streifte.

»Wenn ich raten müsste, würde ich sagen, er befindet sich direkt über uns.« Ravi lenkte das Schiff in eine steile Kurve. »Ich versuche ihn abzuschütteln.«

Der Drache, der mit seinen Klauen an der Metallhülle keinen Halt fand, stieß sich vom Schiff ab, und die Clipper konnte wieder höhergehen. Das Ungeheuer schwang sich weiter hinauf in den Himmel, stieß aber zuvor noch einen heftigen Feuerstrahl gegen die Schiffsnase aus.

»Was macht er denn jetzt?« Dash hielt sich jetzt krampfhaft an Rockets Fell fest.

»Der Junge kann doch noch nicht müde sein.« Ravi hatte einfach beschlossen, dass es sich um einen männlichen Drachen handelte. »Er hat es doch beinahe geschafft!« Der Drache wirbelte herum, bereitete offensichtlich einen neuen Feuerstoß vor. Ravi wendete in einer Spiralbewegung.

»Dieser Drache meint, wir wären das Zielobjekt«, sagte er.

»Das ist es! Ravi, du bist ein Genie!«, rief Dash.

»Ähm, ja, ist mir klar«, antwortete Ravi. »Und weswegen war ich noch mal ein Genie?«

»Besitzt die Clipper eine Frachtklappe, so eine, die man zum Abwerfen von Ausrüstung benutzen kann?«

Ravi nickte. »Aber klar. Sie heißt: Mach das Fenster auf und schick ZRKs los, die sollen etwas auf die Planetenoberfläche runterbringen.«

Dash lachte. »Ja, das funktioniert natürlich auch.«

»Woran denkst du?«, fragte Ravi.

»Was wäre, wenn wir dieses Röhrchen mit Drachenduft, das wir für Rocket benutzt haben, runterbringen lassen? Chris hat gesagt, Drachen hassen andere Drachen. Wenn wir davon etwas an den Baum tun, denkt der Drache vielleicht, einer seiner Kollegen befindet sich irgendwo am Baum, und dann setzt er ihn in Brand.«

»Das machen wir.« Ravi stieß einen Pfiff aus und ein ZRK löste sich von der Decke und flog herunter. Dash kramte das Röhrchen aus seiner Tasche und reichte es dem ZRK in die kleine Greifhand.

»Sei sehr vorsichtig damit«, mahnte er. »Zieh den Stöpsel erst heraus, wenn du auf dem Baum bist. Der Drache soll ja nicht denken, dass du der andere Drache bist.«

Der ZRK summte kurz, dann ging er neben der Heckklappe in Wartestellung.

»Dann machen wir jetzt keine weiteren Umstände.« Ravi flog eine Wendeschleife und steuerte auf den Baum zu, um den sich die Gruppe aus Elfen, Menschen, Riesen und Ogern versammelt hatte. Er hielt die Luft an und drückte einen Knopf auf dem Steuerpult. Die Tür glitt gerade so weit auf, dass der

ZRK hinausfliegen konnte, bevor sie sich wieder schloss. Und schon in den ein, zwei Sekunden, in denen sie offen stand, füllte sich die Kabine mit der sengenden Hitze des Drachenatems.

Der Drache wandte ruckartig den Kopf, als er den fliegenden ZRK entdeckte. Mit einem Brüllen, das die ganze Clipper erschütterte, nahm er die Verfolgung auf.

»Soll ich ihm folgen?«, fragte Ravi.

Aber Dash schüttelte den Kopf. »Nein, du musst Anna holen und auf die Cloud Leopard zurückkehren«, sagte Dash. »Hier habe ich jede Menge Helfer. Falls es Colin aufgefallen ist, dass du weg warst, erzähl ihm, dass ihr nur einen neuen Motor ausprobiert habt. Verrate ihm nicht, dass wir miteinander geredet haben. Er soll weiter glauben, dass wir denken, wir hätten gestern mit dem richtigen Chris geredet.«

Ravi war neugierig auf Dashs Plan, aber er hatte keine Zeit nachzufragen. Er vertraute darauf, dass es ein genialer Plan sein würde, egal wie er aussah. Er setzte das Raumschiff etwa dreißig Meter von der Gruppe aus unterschiedlichsten Lebewesen ab, die jetzt alle den Drachen beobachteten. Auf der Jagd nach dem winzigen, summenden, runden Objekt kreiste dieser inzwischen über ihren Köpfen.

Halb rannte Dash, halb schleppte er sich aus der Hecktür. Dreißig Sekunden später kam Anna hereingerannt und ließ sich in einen Sitz fallen. »Dash hat gesagt, du sollst sichergehen, dass der Drache uns nicht beachtet, wenn du startest. Er soll ja nicht wieder dem Raumschiff folgen.«

Ravi nickte, legte seine Hand auf das Steuerfeld, bereit zum Start, wenn der richtige Moment kam. Und die Gelegenheit ergab sich sehr bald, denn der ZRK hatte gerade den mit einem weißen Kreis gekennzeichneten Baum erreicht und seine

Fracht in die Baumkrone abgeworfen. Der Drache bremste scharf ab. Ein lautes, feuchtes Schnuppergeräusch erfüllte die Luft. Dann flatterte er wild mit den Flügeln und stürzte sich direkt auf den Baum. Der ZRK kehrte im nächsten Moment wieder zum Raumschiff zurück und Ravi sauste mit Höchstgeschwindigkeit los.

Dash stellte erleichtert fest, dass der Drache sich noch nicht einmal nach dem Schiff umwandte und ihm nachsah. Offensichtlich hatte er jetzt, wo sich ihm eine neue Beute bot, die alte vergessen. Er war überrascht, dass sich auch ein paar Oger der Gruppe der Helfer angeschlossen hatten, aber dann entdeckte er die Speere, die Tumar und ein anderer junger Elf, den er noch nicht gesehen hatte, auf sie richteten. Alle duckten sich, als der Drache mit lautem Kreischen dicht über sie hinwegflog.

»Wo ist Siena?«, rief Dash Gabriel zu. »Und Lythe? Bei ihnen alles okay?«

»Sie bewachen das Horn, damit der König es nicht bläst, auch wenn wir die Oger nicht mehr brauchen.«

Dash wandte kurz den Blick von dem Baum, den der Drache inzwischen umkreiste. »Warum das?«

»Siena findet, es ist grausam und wir haben kein Recht, das zu tun.«

Dash klappte den Mund auf und wollte etwas erwidern, aber dann klappte er ihn wieder zu. Er konnte nicht wirklich dagegen argumentieren. »Wir können unser Versprechen nicht brechen. Der König hält sich an seinen Teil der Abmachung, also müssen wir es auch tun.«

»Weiß ich«, sagte Gabriel. »Aber vielleicht könnten wir sie irgendwie loswerden, ohne sie, na ja, für ewig ins Reich der Träume zu befördern.«

Zu Dashs eigener Überraschung stellte er fest, dass er vielleicht tatsächlich eine solche Möglichkeit kannte. Aber im Moment spürte er aufkeimende Panik. Das Drachenfeuer erwischte ein Bündel dichtes Laub auf dem Baumwipfel und setzte es in Brand. Die Elfen heulten im Chor auf, als hätten sie selbst sich verbrannt.

Sobald der erste Zweig brannte, folgte der Rest in einer Art Zeitraffer. Dash hatte gehofft, das viele Moos, das hier überall wuchs, würde dazu beitragen, dass das Feuer sich nur auf einen einzigen Baum beschränkte, aber dies erwies sich als falsch. Die Flammen rasten am ganzen Baum entlang und setzten dabei Zweige an benachbarten Bäumen in Brand. Sofort brach hektische Aktivität aus. Alle kippten Wasser aus ihren Eimern über die neuen Brandherde oder kickten Erde über das glimmende Laub. Der Drache spie jedoch immer weiter Feuer, und

so war es schwierig, den Brand unter Kontrolle zu bekommen. Dashs Herz pochte wie wild, als er sich vorstellte, alle Häuser der Elfen würden in Flammen aufgehen und zusammenbrechen. Was hatten sie da bloß getan?

Die Elfen heulten vor Entsetzen, als die Flammen sich weiter ausbreiteten. Nun, da die Wassereimer geleert waren, wiesen die Elfen alle an, sie mit Erde zu füllen. Dash konnte kaum mehr die Arme heben, sie schmerzten, als habe er gerade zweihundert Liegestütze gemacht. Er hustete, füllte seinen Eimer, kippte Erde über die brennenden Blätter, hustete, füllte, kippte, immer und immer wieder. Seine Lunge und seine Arme brannten wie Feuer.

Glücklicherweise sah er, dass Gabriel und Piper neben den Elfen mit Spitzengeschwindigkeit an der Arbeit waren. In Rekordzeit löschten sie die Äste vor ihnen. Endlich erloschen die Flammen nach und nach und nur noch der weiß umkreiste Baum brannte. Jetzt hatten sich alle um ihn versammelt. Die

Baumkrone war inzwischen grau, knorrig und tot. Die untere, von Rinde und Moos noch grün-braune Hälfte färbte sich dort, wo die Flammen sich weiterfraßen, violett. Vermutlich entstand diese merkwürdige Farbe aus der Verbindung von Hitze und der chemischen Zusammensetzung des Drachenfeuers sowie dem Spezialholz dieses Baums. Dash hatte noch nie etwas Vergleichbares gesehen.

Nun strömten weitere Elfen aus dem Dorf herbei, viele von ihnen trieben Oger vor sich her, die unwillig knurrten und stampften. Die Elfen umringten den Baum, fassten sich an den Händen und begannen sich zu wiegen. Die Flammen fraßen sich tiefer nach unten und immer weitere Teile des Baums wurden aschgrau. Jene Teile der Wurzeln, die aus dem Boden hervortraten, nahmen das tiefe Violett von Auberginen an.

»Tumar!«, rief Dash dem Elfen zu, den er inzwischen als seinen Freund betrachtete. »Wie kann ich dem König eine Nachricht zukommen lassen?«

Tumar deutete auf den Baum. »Er ist gleich da drüben.«

Dash hatte gar nicht bemerkt, dass der König wie alle anderen bei den Löscharbeiten half. Sein Bart war rußgeschwärzt und Schweißtropfen rannen ihm über die Stirn. Dash rannte zum König hinüber und zupfte ihn am Ärmel. Er musste schreien, um sich über den ganzen Lärm hinweg Gehör zu verschaffen. »König Urelio! Ich weiß, wie wir es anstellen können, dass euch die Oger nie wieder belästigen!«

»Das weiß ich auch«, schrie der König. »Wir blasen das Horn und sie schlafen für alle Ewigkeit. Ihr nehmt das Horn und verschwindet. Das war die Abmachung, wie du sehr wohl weißt.«

»Ich weiß«, sagte Dash. »Aber es war von Chris nicht richtig, das Horn zu bauen und so ein Versprechen zu geben. Das ist mir jetzt klar geworden.«

Der König erstarrte. »Du wagst es, an Chrysanthem zu zweifeln?«

An diesen Namen würde sich Dash nie gewöhnen! Wäre die Lage nicht so ernst gewesen, hätte er sich das Lachen wahrscheinlich nicht verkneifen können. So aber holte er tief Luft und sagte: »Ja. Er war allein und suchte verzweifelt nach einer Möglichkeit, seine Reise fortsetzen zu können, und gleichzeitig wollte er euch und euren Vorfahren helfen. Aber wir sind nicht alleine. Wir haben Möglichkeiten, die er nicht hatte.«

Der König sah an ihm vorbei, er schätzte den Schaden ab. Ein weißhaariger Elf begann leise zu weinen. Dash schämte sich furchtbar dafür, dass sie hier so viel Leid verursacht hatten. Tumar kam zu ihm und stellte sich neben ihn.

»Hey«, flüsterte er ihm zu. »Mach dir nicht so viele Gedanken. In diesem Baum hat seit mehr als vier Jahrzehnten niemand mehr gewohnt. Er hat Wurzel- und Strunkfäule.«

Dash wandte seinen Blick vom Baum ab und starrte den Elf an. Sicher hatte er ihn falsch verstanden.

»Er hat was?«

»Wurzel«, wiederholte Tumar und deutete auf eine der Wurzeln. »Strunk.« Er deutete ans untere Ende des Baums, wo der Stamm auf die Erde traf. »Fäule.«

Dash schnappte nach Luft. »Willst du damit sagen, dass der Baum krank ist?«

Tumar nickte. »Genau.«

Panik erfasste Dash. Wenn die Drachenschlacke von einem kranken Baum stammte, würde sie dann überhaupt funktionieren? Sie konnten nicht noch einmal einen anderen Drachen herlocken und der König würde sich niemals bereit erklären, noch einen weiteren Baum zu opfern. Er sah sich hilflos um, deutete dann auf die Wurzel eines benachbarten Baums, der einige Brandstellen aufwies. »Können wir den da benutzen? Vielleicht könnten wir die Wurzel ausgraben?«

Aber Tumar schüttelte den Kopf. »Die Wurzel eines lebendigen Baums stirbt, wenn sie der Luft ausgesetzt ist. Wenn ihr unbedingt Drachenschlacke braucht, dann könnt ihr sie nur von einem toten Baum bekommen.«

»Meinst du, sie funktioniert noch?«, fragte Dash.

»Das weiß ich nicht«, gab Tumar zu.

Dash wandte sich um und ging los. Er musste hinaus aus dem Wald, aus dem erstickenden Rauch. Halb setzte er sich, halb ließ er sich fallen, dann klammerte er sich an den langen Grashalmen fest, als würden nur sie ihm in der Welt noch festen Halt bieten. Er schloss die Augen und holte tief Luft. Ein Hustenanfall schüttelte seinen Körper, aber hier war die Luft kühl und frisch. Alles würde gut gehen, sagte er sich. Wenn sie das Schiff erreichten und die Drachenschlacke von diesem Baum nicht funktionierte, würde die Mannschaft das alles noch einmal schaffen. Irgendwie würden sie es schaffen. Allerdings würden sie es dann ohne ihn tun müssen.

Er hob den Arm und tippte Anweisungen ein, die SUMI an die anderen weiterleiten sollte. Dann funkte er Chris' MTB an. Wie erwartet antwortete Colin, der seine Brille abgesetzt hatte.

»Was ist los?«, raunzte er. Dann fiel ihm wohl ein, dass er sich ja für Chris ausgeben wollte, und seine Stimme wurde sanfter. »Tut mir leid, es war ein langer Tag hier oben. Wart ihr erfolgreich? Habt ihr die Drachenschlacke?«

So erschöpft, wie er war, zwang sich Dash zu einem Lächeln, als spräche er wirklich zu Chris.

»Wie schön, dich zu sehen, Chris. Ja, wir sind fast so weit.

Die Elfen waren uns eine große Hilfe, aber sie möchten dir die Drachenschlacke nur selbst überreichen. Das ist Teil der Abmachung. Tut mir leid wegen des Umstands.«

Colins Miene verzerrte sich, er wirkte äußerst verärgert.

»Na gut. Ich bin gleich da. Dann packen wir das Horn in unser Schiff, wie geplant, und sind fertig mit Dargon.«

Dash nickte. »Klingt gut. Ich schicke dir die Koordinaten des Treffpunkts.« Er tippte die Zahlen ein und schickte sie los.

Sobald Colins Gesicht verschwunden war, erstarb auch Dashs Lächeln. Er presste die Lippen zusammen, seine Miene zeigte Entschlossenheit.

Niko und Carly warteten auf der anderen Seite der Andockbucht ab, bis Ravi die Clipper ganz ausgeschaltet hatte. Nervös sahen sie auf die Uhr, während SUMI herumhüpfte und quiekte: »Ich habe den Geheimplan. Ich habe den Geheimplan.«

Anna stieg zuerst aus, gefolgt von Ravi. »Ist bei euch alles klar?«, fragte Anna sofort. »Hat Colin mitbekommen, dass wir weg waren?«

Niko schüttelte den Kopf. »Nein, aber wir müssen uns beeilen. Er ist gerade hierher unterwegs. Dash hat einen vollständigen Plan ausgearbeitet, wie wir Colin auf den Planeten runterkriegen und gleichzeitig das Problem mit den Ogern lösen können, ohne sie in Schlaf versenken zu müssen. Er hat an SUMI eine Nachricht mit Anweisungen für uns geschickt. Sobald Colin weg ist, erklären wir euch alles.«

»Also ist Chris nicht aufgewacht?«, fragte Anna.

Niko schüttelte den Kopf. »Nein, aber ich habe das Gegenmittel gefunden.«

»Gut. Dann sehen wir erst mal zu, dass wir Colin loswerden«, sagte Anna. »Ich flitze rüber zum Elementenfuser, aber ihr solltet jetzt aus dem Maschinenraum verschwinden. Verteilt euch über das Schiff. Ich möchte nicht, dass Colin uns alle zusammen erwischt und vielleicht Verdacht schöpft.«

»Sollen wir uns in fünf Minuten oben im Mädchenschlafraum treffen?«, schlug Carly vor. »Da würde Colin nie nachsehen.«

Sie tippten die Fäuste gegeneinander und Anna ging zum Elementenfüser. Die anderen wählten verschiedene Strecken aus und schwangen sich nacheinander in die Röhren. Nicht einmal eine Minute später tauchte Colin auf. Er kam zu Anna herüber, die so tat, als überprüfe sie die Menge der Stachlersporen.

»Ich bin gleich wieder zurück«, warnte er sie. »Ich bringe das Element mit. Außerdem werde ich die Mannschaft und das Horn mitbringen. Du kannst Ravi also sagen, dass er nicht wie geplant zur Bergung der Mannschaft runterfliegen soll.«

Noch bevor sie nicken konnte, stürmte er in Richtung Cloud Cat davon. Wenn er zu dicht an der Clipper vorbeikam, würde er womöglich bemerken, dass die ZRKs gerade die gesprungene Windschutzscheibe ausbesserten. Anna hielt die Luft an, als er tatsächlich neben dem Raumschiff stehen blieb. Er machte einen Schritt darauf zu und streckte die Hand aus. O nein! Offenbar spürte er die Hitze der Triebwerke. Dann aber sah er auf seinem MTB nach der Uhrzeit, runzelte die Stirn, warf einen letzten Blick auf die Clipper und ging weiter.

Sobald sich die Docktore hinter ihm schlossen, rannte Anna bis zum anderen Ende des Maschinenraums und befahl allen verfügbaren ZRKs, ihr in die Röhre zu folgen. Sie brauchte jede Hilfe, die sie nur bekommen konnte.

Anna stand an Chris' Stammplatz auf dem Flugdeck und überwachte den Flug der Cloud Cat zur Planetenoberfläche. Das kleine Schiff war als roter Punkt dargestellt, der über den Bildschirm wanderte. Als der Punkt sich blau verfärbte, wusste sie, dass die Cloud Cat auf Dargon gelandet war. Es war deutlich zu sehen, dass der Landeplatz sich nicht einmal in der Nähe jener Stelle befand, an der sie die Mannschaft abgesetzt hatten. Sie zählte bis zehn, dann schlug sie mit der Hand auf den Not-Ausschaltknopf.

Der Punkt auf dem Bildschirm wurde schwarz.

Als Colin ausstieg, fand er sich auf einem öden Berggipfel wieder. Er wanderte einmal um die Cloud Cat herum. Im Osten waren weitere Berge zu sehen. Im Westen lag ein endloses Meer und nur die Andeutung eines Gebirgsmassivs auf der anderen Seite war zu erkennen. Er entdeckte weder das Landungsteam noch den König, auch nicht irgendwelche Elfen, Oger oder Drachen. Und vor allem sah er eines nicht: den Sack mit der Drachenschlacke.

Er ballte die Hände zu Fäusten. Sie hatten ihn ausgetrickst! Wutschnaubend raste er zurück in sein Schiff. Das würden diese grässlichen Kinder noch bereuen! Er würde sich die Schlacke selbst holen, koste es, was es wolle. Und dann würde er seinen Plan in die Tat umsetzen... er würde die Cloud Leopard und alle, die an Bord waren, für alle Zeiten im kalten, schwarzen Weltraum zurücklassen.

Er setzte sich, streifte die Flugbrille über, streckte die Hand über dem Steuerfeld aus und wollte das Schiff starten.

Nichts geschah.

Frustriert stöhnte er auf und versuchte es noch einmal.

Wieder nichts.

Egal wie oft er es auch versuchte, das Schiff regte sich nicht.

Als Colin allen Hinweisen zur Fehlerbeseitigung aus seinem Handbuch gefolgt war, wurde ihm eines klar: Dieses Schiff würde nirgendwohin fliegen.

Und er selbst genauso wenig.

Niko hatte noch nie eine außerirdische Lebensform behandelt und noch weniger hatte er jemals ein so merkwürdiges Mittel zusammengebraut. Während Carly Colin erfolgreich abgelenkt hatte – sie hatte den geklonten Außerirdischen gemeinsam mit SUMI und STEAM in ein Versteckspiel verwickelt (und ihn dabei mächtig geärgert) –, war Niko heimlich in Chris' Raum eingedrungen und hatte nach dem Gegenmittel gesucht.

Niko hatte Notizen in Chris' Aufzeichnungen gefunden, die eine Substanz mit der Bezeichnung »Mondsalz« erwähnten, ein Allheilmittel gegen fast sämtliche Krankheiten, ob harmlos oder tödlich. Die chemische Zusammensetzung des Mittels war darin genau beschrieben, und obwohl Niko das Mark der »Floranischen Mondschote« (was auch immer das sein sollte) nicht zur Hand hatte, war er recht zuversichtlich, dass er die Substanz würde nachmischen können.

Jetzt rannte er mit Carly zur Cloud Kitten, in der Chris noch immer ohnmächtig lag.

»Und du bist sicher, dass es wirkt?«, fragte sie.

»Na ja, sicher nicht«, gab Niko zu. »Aber wir haben ja im Moment keine andere Wahl.«

Als sie Chris erreicht hatten, kniete sich Niko neben ihn hin und zog ein großes Glas Mondsalz aus der Tasche.

»Mann, wie viel von dem Zeug hast du denn gemacht?« Carly staunte.

Niko zuckte mit den Achseln. »Hoffentlich genug.« Er setzte

sich einen Moment lang neben Chris und starrte auf seinen neuen Patienten.

»Und was machst du jetzt?«

»Na ja, das ist der eigentliche Punkt. Ich bin mir nicht sicher.« Niko kratzte sich am Kopf. Chris' Notizen erklärten zwar, was Mondsalz war, nicht aber, wie es angewendet wurde.

»Vielleicht ist das so etwas wie Riechsalz«, vermutete Carly. »Du weißt schon, mit dem weckt man jemanden, wenn er ohnmächtig geworden ist.«

Niko schüttete sich Salz auf die Handfläche und hielt es vor Chris' Nase. Er wartete. Und nichts passierte.

»Vielleicht atmen Außerirdische ja gar nicht durch die Nase?«, überlegte Carly.

Niko zog die Hand wieder weg und schüttete das Salz zurück ins Glas. Wie sollte dieses Zeug bloß funktionieren?«

»Chris«, flüsterte Carly. Keine Antwort. »Chris!«, sagte sie lauter und berührte seine Schulter. Jetzt drang aus seinem Mund unverständliches Gemurmel, keine Wörter. »Chris, komm wieder zurück! Wir haben das letzte Element schon so gut wie geborgen!«

Chris' Lippen begannen zu zittern. Niko beugte sich tief hinunter und legte sein Ohr auf Chris' Mund.

»Lasche.«

Niko sah Carly an. »Was für eine Flasche ?«

»Vielleicht braucht er ein bisschen Wasser«, schlug Carly vor.

»Oder einen Schluck Zaubertrank«, witzelte Niko.

Carly schüttelte den Kopf. »Ich glaube kaum, dass die Außerirdischen Asterix kennen.«

»Jeder kennt Asterix. Der Typ ist cool.«

»Wir müssen ernst bleiben«, sagte Carly.

Diesmal redete Chris langsamer. »Daaasche.«

»Die Asche?«, fragte Niko.

»Tasche?«, erwiderte Carly.

»Welche meint er wohl?«, fragte Niko.

»Wenn ich raten dürfte … die Tasche, auf der er draufliegt. Das würde zu unserer Glückssträhne passen.«

Und wirklich, sie mussten ihn zur Seite wälzen, wobei sie sich in einem fort entschuldigten. Carly wies Niko an, in Chris' Tasche zu greifen, und er beförderte einen dünnen Papierumschlag ans Tageslicht. Darin befand sich etwas, was wie weiße Tic Tacs aussah.

»Was ist das?«, fragte Carly.

»Keine Ahnung.« Niko nahm eines der weißen Dinger heraus und legte es auf seine Handfläche. Es war erstaunlich glitschig. Er versuchte zu verhindern, dass es auf seiner Hand umherrollte, aber seine ungeschickten kalten Finger und die mangelnde Reibung wirkten zusammen: Das Ding glitt ihm aus den Händen und landete auf Chris' Stirn, prallte dort ab und fiel auf den Boden. Chris' Augenlider flogen auf und er setzte sich kerzengerade hin.

»Mannomann«, Carly wich zurück. »Mannomann. War das jetzt das Mondsalz?«

Chris streckte die Arme aus und drückte sie an sich. Carly riss verblüfft die Augen auf. Bis jetzt hatte Chris ihr kaum jemals die Hand geschüttelt. Der Außerirdische wandte sich jetzt um, umarmte Niko und stellte sich dann noch etwas zitterig auf die Füße.

»Welchen Tag haben wir? Wie geht es Dash?«

»Es ist unser letzter Tag auf Dargon«, antwortete Carly. »Und Dash geht es gut.«

Chris richtete seinen Blick jetzt auf die offene Tür der Cloud Kitten. »Wo ist Colin?«

Carly und Niko sahen einander an. Carly holte tief Luft. »Also, das ist eine ziemlich komische Geschichte ...«

Dash, Piper und ein Rat, bestehend aus etwa hundert sehr offiziell wirkenden Elfen, Lythe und einer übel riechenden Gruppe von Ogern, standen auf der Wiese in der Nähe des verbrannten Baums. Es war viel einfacher gewesen, die Oger zusammenzutreiben, als Dash vermutet hätte. Als jene, die von den Elfen gefangen genommen worden waren, den Panzer entdeckten, konnten sie ihre Blicke nicht mehr von ihm losreißen und mussten ihn einfach anfassen. Tatsächlich folgten sie ihm durch die Wiesen, als wäre er der Rattenfänger von Hameln, und dabei sabberten sie buchstäblich. So viel Stahl! Wie viele Waffen hätten sie daraus schmieden können, hätte er bloß ihnen gehört!

Siena und Piper waren daraufgekommen, dass die Oger sich vermutlich vom Stahl des Panzers anlocken lassen würden. Während sie das Horn und den heiligen Baum bewacht hatten, hatten sie beobachtet, wie die Oger durch den Wald rannten, Äxte schwangen und Schilder schwenkten und dabei nicht darauf achteten, ob ihre Waffen mit irgendetwas in Berührung kamen. Sie behandelten die Äxte wie ihren wertvollsten Besitz und sie säuberten sie zwischendurch immer wieder sehr sorgfältig. Siena konnte sich vorstellen, warum sie so sehr an ihren Waffen hingen. Sie waren unglaublich gut verarbeitet, bestanden aus einem Metall, das sie in jahrzehntelanger Arbeit ausgegraben und mit ihren primitiven Möglichkeiten geschmiedet hatten.

Siena wusste aus eigener Erfahrung, wie stabil diese Äxte waren. Sie hatte sich einen Speer von Lythe ausgeborgt und ihn als Schwert benutzt, als eine Gruppe Oger zu nahe an den

Hornbaum herangekommen war. Sie wusste nicht, ob die Oger von dem Horn oder von dessen Wirkung wussten, und sie wollte es im Zweifelsfall nicht darauf ankommen lassen. Die Elfen hatten noch nie einen Schwertkampf gesehen, deswegen waren sie tief beeindruckt, als Siena einhändig neun Oger in die Flucht schlug (ohne den zehnten mitzuzählen, der nur davongerannt war, weil die anderen rannten). Piper in ihrem Luftstuhl hatte noch mehr Ruhm eingeheimst. Die Oger fielen angesichts des schimmernden, fliegenden Metallstuhls auf die Knie. Die Elfen waren Piper unendlich dankbar dafür, dass sie die Oger abgelenkt hatte; ja, es war sogar die Rede davon, nun auch Pipers Bild auf dem Hornbaum zu verewigen.

Piper wandte sich an Dash. »Du bist also auf die Idee gekommen, den Drachen mit dem Duftstoff, den Anna und Carly entwickelt haben, zum Baum zu locken, und du hattest die Idee, wie wir Colin loswerden können«, sagte sie. »Du bist ein kluges Kerlchen, Dash Conroy.«

Er lächelte ihr zu. »Du bist selbst aber auch nicht schlecht.«

Pipers Wangen röteten sich. Zum Glück kamen Gabriel, Siena, Lythe und Tumar dazu, bevor die Verlegenheit zu groß wurde.

»Also, wir haben sie.« Gabriel hielt einen Sack voller Drachenschlacke in die Höhe.

»Wie bitte … der König hat sie dir überlassen?«, fragte Dash ungläubig.

Gabriel zuckte mit den Achseln. »Du hast doch selbst gesagt, ich bin umwerfend charmant.«

Siena verdrehte die Augen. »Tumar war derjenige, der ihn am Ende überzeugt hat.«

Alle sahen Tumar an. Der Elf neigte den Kopf in einer respektvollen Geste. »Ihr wart ebenso bemüht wie einige unserer Mitelfen, unsere Häuser zu schützen. Und ich habe König

Urelio euren neuen Plan erklärt. Die Idee, die Oger in den Bergen im Ödland der Nebligen Inseln auszusetzen, hat ihm gut gefallen. Er hat irgendwas davon gesagt, dass es dort keine wertvollen Metalle gibt.«

Dash wusste nicht, was er dazu sagen sollte, bis auf: »Danke, Tumar.«

Tumar nickte und wandte sich zum Gehen. Lythe folgte ihm. Sie waren erst ein paar Schritte gegangen, als Lythe anhielt. Sie wandte sich um, eilte mit leichten Schritten auf Gabriel zu und küsste ihn auf die Wange. Dann rannte sie wortlos zurück zu den anderen Elfen und überholte dabei Tumar. Ihr langes dunkles Haar wehte hinter ihr her.

Gabriel öffnete den Mund, um etwas zu sagen, aber Piper schnitt ihm das Wort ab.

»Jaja, wir wissen Bescheid«, sagte sie. »Du bist eben umwerfend charmant.«

Nachdem sie die Clipper angefunkt hatten, wartete die Gruppe dicht zusammengedrängt darauf, dass Ravi sie abholte. Endlich drang seine fröhliche Stimme durch die MTBs aller Mannschaftsmitglieder. »Clipper an Landungsteam. Wir landen in einer Minute.«

Sie sahen auf und entdeckten die Clipper, die direkt auf sie zuschoss. Den Überflug der Cloud Cat hatten sie nicht beobachten können, aber jene Nebligen Inseln, auf die Dash Colin verbannt hatte, lagen von ihrem Standpunkt aus jenseits des Horizonts, deswegen hatten sie auch gar nicht damit gerechnet. Dash hob den Arm. »Ist Colin gelandet? Und sitzt er jetzt fest?«

Jetzt meldete sich überraschenderweise Anna: »Ja und ja. Ich hoffe, es stört euch nicht, dass ich mit runtergekommen bin. Ich habe Carly oben das Kommando übergeben.«

»Seid gegrüßt, Voyagers«, sagte Chris. Es war der echte Chris! Daran, dass seine Stimme nachhallte, konnte Dash erkennen, dass Anna und Ravi mithörten. »Ich habe gehört, dank eurer überragenden Teamarbeit sind wir nun im Besitz eines Sacks voller Drachenschlacke?«

Gabriel hielt einen kleinen Beutel hoch. »Jawohl! Sie ist noch warm.«

»Ich tue jetzt gar nicht so, als könnte ich eure Vorbehalte gegen die endgültige Ausschaltung der Oger auch nur im Geringsten nachvollziehen«, sagte Chris. »Aber ich respektiere eure Entscheidung und zolle eurem Einfallsreichtum Beifall.«

»Sie müssen immer noch einwilligen«, wandte Dash ein.

»Ich bin sicher, dass sie das tun werden – wenn sie sehen, was du ihnen dafür anbietest.«

Die Clipper landete. Ravi und Anna kletterten ins Freie und achteten darauf, dass sie die Klappe hinter sich dicht verschlossen. Trotzdem gelang es einigen ZRKs, noch schnell zu entkommen. Den Ogern entwich ein Keuchen und sie stolperten zurück. Eine fliegende Maschine dieser Größe hatten sie noch nie gesehen.

Dash fühlte eine merkwürdige Schwere, als er vor die Gruppe trat – als wöge jedes seiner Beine fünfhundert Pfund. Er wusste, er musste sich mit seiner Ankündigung beeilen ... nicht nur um sich selbst einen Gefallen zu tun, sondern auch weil die Elfen und die Oger einander so wütend anstarrten. Es war klar zu sehen, dass die Lage nicht lange so ruhig bleiben würde. Er holte tief Luft und wurde ohnmächtig.

Einen Moment lang waren alle starr vor

Schreck. Aber dann kam Bewegung in die Mannschaft. Piper maß Dashs Puls und Niko wühlte in seiner Erste-Hilfe-Tasche und suchte nach irgendeinem Mittel, das seinen Kapitän wiederbeleben würde. Rocket legte den Kopf auf Dashs Brust, als hoffe er, sein Freund würde bald aufwachen. Gabriel brachte den Beutel mit der Drachenschlacke auf der Clipper in Sicherheit.

»Was kann ich denn tun?«, fragte Ravi.

Piper wandte sich um. Sie wischte sich eine Träne aus dem Gesicht und sagte: »Dash würde darauf bestehen, dass wir die Mission fortsetzen. Wir müssen diese Oger irgendwie an Bord unterbringen, alle anderen natürlich auch.«

»Alles klar, verstanden.« Ravi rannte zu den Ogern hinüber und begann zu grunzen und auf das Schiff zu deuten, um den Ogern zu signalisieren, dass sie sich an Bord begeben sollten. Die Oger starrten mit offenen Mündern auf das merkwürdige Wesen von einem anderen Planeten, das offenbar ihre Sprache sprach. Sie senkten ihre Waffen. Aber sie rührten sich nicht.

Siena beobachtete Ravi einen Moment lang, während

Gabriel, Anna und Niko, dicht gefolgt von Rocket, Dash in die Clipper trugen.

»Wenn wir den Panzer aufs Schiff fahren, kommen sie vielleicht nach«, schlug Siena vor.

»Gute Idee.« Piper gab den Gedanken an Ravi weiter, Siena kletterte in den Panzer. Sie steuerte ihn und Ravi grunzte währenddessen weiterhin den Ogern zu, sie sollten ihm folgen. Langsam führten sie die Oger ins Raumschiff hinein.

In der Zwischenzeit flog Piper zur Clipper und half Niko dabei, Dash anzuschnallen. Gabriel schnappte sich die Steuerung und Anna schuf Platz an Bord.

Als alle und alles im Schiff untergebracht waren, setzte sich Ravi zu Gabriel ans Steuer.

»Alle anschnallen«, rief Gabriel. Ravi kümmerte sich gar nicht darum, ob wirklich alle schon angeschnallt waren. Er startete in Höchstgeschwindigkeit.

Colin saß am Steuer der Cloud Cat und hämmerte vor Zorn mit der Faust auf das Steuerfeld. Wie hatte er sich nur von einer Handvoll verwöhnter Rotznasen so täuschen lassen können? Noch einmal schlug er heftig mit der Faust zu und das ganze Schiff bebte. Na also! Er war schlau, er war stark! Wie hatten sie nur übersehen können, dass er zum Leiter dieser Mission geschaffen war! Aber dann erzitterte das Schiff erneut, und diesmal hatte Colin noch nicht einmal geniest. Etwas drückte von außen gegen die Cloud Cat.

Colin öffnete den Notausstieg und streckte den Kopf ins Freie – und erblickte eine große Schar der hässlichsten, schleimigsten Wesen, die ihm jemals unter die Augen gekommen waren. Als er den ersten Schreck überwunden hatte, witterte er eine neue Chance. Perfekt, dachte er. Willige Helfer.

Colin räusperte sich. »Hallo! Wie ich sehe, gefällt euch mein Schiff. Wie wär's, helft ihr mir, es wieder flott zu machen?«

Eines der Wesen wandte sich zu ihm um und grinste. Und dann biss es einfach ein Stück aus dem Raumschiff.

Carly rannte zum Maschinenraum. Lieber hätte sie abgewartet, ob mit Dash alles in Ordnung war, aber sie mussten die Drachenschlacke in den Elementenfuser füllen. Piper hatte sie daran erinnert: Die Mission ging vor.

Nach all der Zeit war ihr die Maschine so vertraut, dass sie die Drachenschlacke mit geschlossenen Augen hätte einfüllen können. Aber das tat sie natürlich nicht. Sie öffnete das luftdicht verschlossene Fach und verstaute den Beutel darin. Dann schloss sie die Klappe fest. Sie schob ihre Hände in die Schächte mit den eingebauten Handschuhen. So konnte sie mit dem Beutel hantieren, ohne Gefahr zu laufen, seinen Inhalt zu verunreinigen. Anders als bei den anderen Elementen war keine bestimmte Menge Drachenschlacke vorgeschrieben gewesen. Sie füllte den gesamten Inhalt des Beutels in den Trichter, der in die darunterliegenden durchsichtigen Röhren führte. Dann beschäftigte sie sich eine Weile damit, das System richtig einzustellen. Sie musste erst sichergehen, dass alles richtig ausgepegelt war. Dann trat sie einen Schritt zurück und betrachtete ihr Werk.

Die ersten fünf Schächte waren jetzt bis oben voll. Sie musste nur noch das flüssige Metall aus TULPEs Bauch einfüllen, und Chris hatte gesagt, das dürfe sie erst im allerletzten Moment tun, weil sonst das System der Maschine durchschmoren würde. Offensichtlich war eine große Menge dieses Metalls erforderlich, denn obwohl ja nur sechs Elemente erforderlich waren, standen sieben Schächte bereit.

In diesem Moment betrat Gabriel den Raum.

»Wie geht es Dash?«, fragte Carly.

»Unverändert«, sagte er. »Wenigstens ist sein Puls regelmäßig.«

Ein sehr starker, vollkommen fremdartiger, modriger und muffiger Geruch entströmte Gabriels Uniform. Carly rümpfte die Nase. »Was riecht denn hier so?«

»Das…«, Gabriel wischte sich mit dem Ärmel seiner Uniform den Schweiß von der Stirn, »… bleibt zurück, wenn man fünfzig Oger über den Ozean transportiert.«

»Oje«, sagte sie und wich zurück.

»Ja, es roch ganz schön heftig da drin«, sagte Gabriel. »Aber wir haben sie alle rübergeschafft. Sie sind gerne mitgekommen, als wir ihnen dafür den Panzer angeboten hatten. Und es war ganz schön cool, das Horn mitten über dem Meer abzuwerfen. Das Ding sinkt wahrscheinlich jetzt immer noch.«

Carly wollte Gabriel gerade sagen, wie froh sie war, ihn sicher wieder an Bord zu wissen (auch wenn er wie eine Herde Oger stank), da kam Chris herein.

»Hast du gewusst, dass Colin versucht hat, die Cloud Kitten wieder flugfähig zu machen?«, fragte Carly.

Chris erstarrte. »Ach?«

»Wir haben Flugpläne gefunden. Er wollte auf deinen Heimatplaneten zurückkehren. Bestimmt wollte er dort so tun, als wäre er du.«

Chris sah starr vor sich hin. Seine Stimme verriet keinerlei Gefühl. »Nun, das wird er jetzt nicht tun.«

»Lassen wir ihn denn jetzt wirklich auf diesem Berggipfel sitzen?«, fragte Gabriel.

»Vorerst ja. Er bekommt ja jede Menge Gesellschaft, Wesen, die er herumkommandieren kann – wir haben ihm schließlich eine Gruppe von Ogern dagelassen, mit denen kann er sich herumschlagen. Wenn wir wieder im Funkbereich der Erde sind, werde ich darum bitten, dass ihn jemand von dort rettet.« Er schwieg einen Moment lang, dann setzte er hinzu. »Irgendwann.«

Gabriel und Carly lächelten einander schwach zu, aber es war schwierig, irgendetwas anderes zu empfinden als Angst und Sorge, jetzt wo es Dash so schlecht ging.

Piper kam hereingeflogen. »Er hat etwas gesagt!«, rief sie. »Ich habe ihn nicht verstanden, aber es war irgendetwas über faule Strünke.«

»Bitte?«, fragte Chris nach. »Hast du faule Strünke gesagt?«

Piper, die einfach nur glücklich darüber war, dass Dash überhaupt ein Lebenszeichen von sich gegeben hatte, kicherte. »Ich habe es bestimmt falsch verstanden.«

»Sagt einem von euch dieses Schimpfwort irgendwas – faule Strünke?«, fragte Chris. Gabriel und Carly schüttelten die Köpfe und verkniffen sich ein Grinsen. Es klang komisch, wenn Piper es sagte, aber aus Chris Mund klang es noch merkwürdiger. Er war ja sonst immer so korrekt.

Piper ging voraus in den Sanitätsraum, wo Niko Dashs Herzschlag und Puls überwachte. Ravi, Anna und Siena saßen in einer Ecke und starrten hoffnungsvoll auf Dash.

Dashs Augenlider zuckten. Seine Lippen zitterten, ihnen entwich ein Flüstern. »Die Schlacke … funktioniert vielleicht nicht … ist vielleicht krank …«

Carly nahm Dashs Hand. »Dash, ist bei dir alles in Ordnung?«, fragte sie. Über den Inhalt dessen, was Dash da gesagt hatte, wollte sie jetzt lieber nicht nachdenken.

Er wollte ihr antworten, ihr sagen, dass er keine Schmerzen hatte, aber die Anstrengung war zu groß. Er verwendete sein bisschen Kraft darauf, mit dem Kopf zu nicken. Das hatte wohl funktioniert, denn Carlys Griff wurde ein bisschen lockerer.

Chris räusperte sich. »Ich werde jetzt ganz direkt sein. Dash hat nicht mehr viel Zeit und wir auch nicht.« Er wandte sich an Carly. »Die Schlacke ist eingefüllt?«

Sie nickte. »Jetzt fehlt nur noch das flüssige Metall aus TULPE. Ist das jetzt der richtige Moment, um sie einzufüllen?«

»Ja. Aber das Metall ist so heiß, dass ich selbst dieses Risiko auf mich nehmen werde. Wenn das erledigt ist, rufe ich euch alle vor dem Elementenfuser zusammen. Dann ist der Moment gekommen, um die Quelle herzustellen.«

»Faul …«, keuchte Dash. »Pilz.«

»Ach, jetzt verstehe ich«, sagte Chris. Er legte seine Hand auf Dashs Schulter. »Keine Sorge. In der Hitze des Drachenfeuers ist jede Spur eines Pilzes verbrannt.«

Dash hob die Hand, im schwachen Versuch, ein »Daumen hoch« zu zeigen.

»Chris«, sagte Piper. »du hast gesagt, du brauchst uns alle vor dem Elementenfuser, aber damit meinst du nicht auch Dash, oder?«

»Alle«, bestätigte Chris mit fester Stimme. »Wartet, bis ich euch rufe.« Er verließ den Raum ohne ein weiteres Wort.

»Na ja«, sagte Anna. »Liebevoll und besorgt ist er ja nicht gerade. Wie sollen wir Dash ans andere Ende des Schiffs befördern? Er kann ja nicht laufen, und ich bin mir ziemlich sicher, dass es ihm nicht gefallen würde, wenn ihn jemand herumträgt wie ein Baby.«

Siena trat Anna gegen das Schienbein. Hoffentlich bemerkte Piper es nicht. Manchmal redete Anna, bevor sie nachgedacht hatte.

»Er kann einen meiner Ersatzstühle benutzen«, sagte Piper leise.

»Ich hole ihn aus unserem Zimmer!« Siena war schon an der Tür.

»Ich helfe dir!«, fügte Anna schnell hinzu.

»Ich auch!« Gabriel folgte ihr, ebenso Ravi und Niko.

»Hallo«, sagte Carly. »So schnell kriegt man also einen Raum leer.«

Piper lachte. »Eigentlich sollten sie inzwischen wissen, dass ich ein dickes Fell habe. Es muss schon einiges passieren, bis ich mich aufrege. Außerdem habe ich in diesem grandiosen Stuhl so viel geleistet, dass ich mich beinahe schon wie eine Superheldin fühle.«

Carly grinste. »Du bist unbedingt eine Superheldin.«

Die anderen kamen gerade zurück, als Chris sie in den Maschinenraum rief. Niko und Ravi setzten Dash in den Stuhl und zogen die Gurte so an, dass er nicht hinausrutschen konnte. Piper schaltete den Stuhl in Handbetrieb, sodass jeder ihn benutzen konnte. Gabriel lenkte ihn durch den Flur. Rocket war ihnen dicht auf den Fersen.

Als sie am Elementenfuser ankamen, blieben sie alle wie angewurzelt stehen.

»Was ist das denn?«, fragte Gabriel. Er deutete auf etwas, was wie eine große, durchsichtige Kugel mit acht biegsamen Tentakel-Armen aussah. Ein dünnes, etwa meterlanges Glasröhrchen führte von der Kugel in den Elementenfuser hinein.

»Sind das Slinkies?« Ravi streckte die Hand aus, um einen der Tentakel zu berühren.

Chris trat ihm schnell in den Weg. »Bitte«, sagte er. »Nicht anfassen. Das ist die Quellenmaschine und die Schläuche sind sehr empfindlich.«

Gabriel kannte sich mit Maschinen aus, und obwohl er natürlich noch nie eine Quellenmaschine gesehen hatte, war ihm klar, dass mit dieser hier etwas nicht stimmte. Die Arme waren eindeutig zu einem Zeitpunkt angebracht worden, als das Gerät selbst schon fertig war. Sie waren aus einem anderen Material gemacht als der Sockel und sie waren unterschiedlich lang. Er wollte Chris gerade danach fragen, als TULPE vor ihre Füße hüpfte und sich mit gesenktem Kopf hinsetzte.

»Arme TULPE«, sagte Carly. »Dein Bauch ist ja jetzt ganz leer. Aber du warst uns eine so große Hilfe. Nicht wahr, Leute?«

Alle bestätigten, dass der kleine Roboter ihnen einen intergalaktischen Dienst geleistet hatte – immerhin hatte TULPE verhindert, dass ihr Raumschiff dasselbe Schicksal ereilte wie die Light Blade, deren Roboter nicht dicht gewesen war. Außerdem hatte sie die Voyagers auf dem eisigen Planeten Tundra warm gehalten. TULPE zwitscherte dankbar.

Carly warf einen Blick auf den Elementenfuser. Eigentlich musste sie dort doch jetzt zwei Röhrchen voll geschmolzenes Metall sehen? Aber nur eines war voll. »Hatten wir nicht genug?«, fragte sie Chris und deutete auf das leere Rohr. »Oder war das hier von vornherein als Überlaufrohr oder so was gedacht?«

Chris wandte sich zu ihnen um und holte tief Luft. »Ich bin nicht immer ehrlich zu euch gewesen«, fing er an.

Dash, der die Augen noch immer geschlossen hielt, gab ein Geräusch von sich, irgendetwas zwischen Lachen und Weinen.

»Und das tut mir wirklich leid«, fuhr Chris fort. »Aber es war immer entweder zu eurem Besten oder zum Besten der Mission.«

Niemand sagte etwas.

»Und, nun ja, das ist jetzt wieder so ein Moment.« Er ging

hinüber zum Fuser. »Dieses leere Rohr ist kein Ersatzteil oder so etwas. Ehrlich gesagt brauchen wir ein weiteres Element, um die Quelle herstellen zu können.«

Sieben Unterkiefer klappten herunter. Dash hätte sich angeschlossen, wenn er sich hätte bewegen können. Carly spürte, wie ihr kalter Schweiß ausbrach.

»Also fliegen wir nicht nach Hause«, sagte sie mit zitternder Stimme.

Anna runzelte die Stirn, sah Chris streng an und schüttelte den Kopf.

»Was ist mit Dash?«, fragte Piper ruhig.

Sienas Augen brannten. Seit ihrer Rückkehr zum Schiff war sie sehr ruhig gewesen. Dort unten auf dem Planeten hatte sie Großes geleistet. Sie hatte darauf bestanden, dass das Horn nicht wieder geblasen werden durfte. Jetzt hatte sie nicht das Gefühl, dass sie auch nur noch einen Funken Tapferkeit übrig hatte.

»Jetzt beruhigt euch alle mal wieder«, sagte Chris. »Lasst mich erklären. Wir haben alles, was wir für das siebte Element benötigen, hier.«

»Haben wir?«, fragte Siena. »Wo ist es denn?«

Chris breitete die Arme aus. »Es steckt in euch allen drin.«

»Du hast also Hautzellen von uns gesammelt, ohne uns das zu sagen?«, fragte Ravi, als Chris ihnen gestanden hatte, dass er Hautproben von der Raumbasis mitgebracht hatte. »Das ist ein bisschen zweifelhaft, oder?«

»So war es nicht«, beharrte Chris. »Wir mussten sichergehen, dass alle gesund genug sind, um ein Jahr in der künstlichen Schwerelosigkeit zu überstehen. Mir war klar, dass eines der Elemente für die Quelle von Menschen stammt, also lag es nahe, diese Zellen mitzunehmen, als sie auf der Raumbasis nicht mehr gebraucht wurden.«

»Es ist mir egal, dass du sie mitgenommen hast«, sagte Piper. »Aber kannst du sie vielleicht jetzt einfach mal in den Fuser füllen, damit wir weiterkommen?« Sie warf einen sorgenvollen Blick auf Dash. Es war nicht zu erkennen, ob er verstand, was sich um ihn herum abspielte, oder nicht.

Chris schüttelte den Kopf. »Wir haben das nicht vorausgesehen, aber die Zellen haben die Reisen in Gammageschwindigkeit nicht überstanden. Ihr Zustand ist so schlecht, dass sie überhaupt nicht mehr funktionieren. Ich muss neues Material von euch sammeln und es direkt in die Quellenmaschine einspeisen.« Er teilte jedem von ihnen einen Platz vor einem Tentakel-Arm der Maschine zu und wies sie an, ihn mit der rechten Hand zu greifen. Gabriel platzierte Dash vor sein Schlauchende und nahm den Platz neben ihm ein. »Ihr müsst einfach nur auf mein Kommando den Schlauch auf eure linke Handinnenfläche halten. Ihr werdet zehn Sekunden lang einen ziemlich heftigen Sog spüren. Dashs Schlauch werde ich halten, wenn das in Ordnung ist?« Er sah Dash fragend an.

Dashs Kinn bewegte sich ein ganz kleines bisschen nach unten.

Die anderen machten sich bereit, hielten ihre Schläuche auf Position. Chris drückte ein paar Knöpfe auf einem kleinen Steuerelement, das am Boden des Geräts angebracht war. »Wenn das neue Element hergestellt ist, werden die anderen Elemente in die durchsichtige Kugel bewegt, die ihr da vor euch seht, immer eins nach dem anderen. Sobald sie alle drin sind, werden sie auf Molekularebene miteinander reagieren und die Quelle bilden. Dann werde ich eine winzige Menge ausströmen lassen, genügend, um die Cloud Leopard anzutreiben und euch in euer Sonnensystem zurückzutragen, genau zu dem Ort, an dem ihr losgeflogen seid.«

»Du meinst, uns zurückzubringen«, sagte Carly. »In unser Sonnensystem. Die Erde ist doch jetzt auch dein Zuhause.«

Chris schüttelte den Kopf. »Flora ist mein Zuhause. Und dorthin werde ich zurückkehren.«

Vor Überraschung ließen alle ihre Schläuche fallen. Dash zuckte und gab einen gurgelnden Laut von sich.

»Wie bitte?«, fragte Gabriel. »Du lässt uns im Stich?«

»So dürft ihr das nicht sehen«, sagte Chris.

»Dann hat gar nicht Colin geplant, die Cloud Kitten nach Flora zu fliegen«, fragte Carly langsam. »Sondern du?«

Er nickte. »Ich bin mir nicht sicher, wohin Colin wollte.«

»Bist du dir sicher, dass du zurück nach Flora willst?« Piper legte ihre Hand auf Chris' Arm. »Du warst so lange weg, vielleicht fühlst du dich dort gar nicht mehr zu Hause.«

»Für uns sind hundert Jahre keine so lange Zeit«, erklärte er. »Forscher und Wissenschaftler wie ich waren schon oft viel länger unterwegs. Nein, ich muss dorthin. Aber für nichts in der Welt möchte ich die Zeit, die ich mit euch, mit jedem von euch, verbracht habe, missen. Jeder Einzelne von euch hat unglaubliche Tapferkeit bewiesen, Einfallsreichtum, Geschicklichkeit. Viele von euch haben in sich ein Talent entdeckt, von dem sie gar nichts wussten.« Bei diesen Worten sah er Niko an, der errötete. »Von einer Gruppe Kinder habt ihr euch zu einer heldenhaften Mannschaft entwickelt. Ihr seid in der Lage, einzeln wie auch gemeinsam zu arbeiten, wenn es um eine höhere Sache geht. Bald wird eure gesamte Welt davon wissen.«

Gabriel trat vor. »Es ist ja kein Geheimnis, dass wir anfangs nicht so begeistert waren, als du im Schiff aufgetaucht bist. Aber ich weiß, dass ich für uns alle spreche, wenn ich jetzt danke sage. Danke dafür, dass wir uns mit dir hier oben nicht so allein gelassen gefühlt haben. Danke für dein Vertrauen in uns. Wir werden dich niemals vergessen.«

Nacheinander nahm jeder Chris in den Arm, schüttelte ihm die Hand. Dash schaffte es, seine Hand auf die Hand von Chris zu legen, und das reichte vollkommen aus.

»Na dann, bringen wir's hinter uns!«, sagte Ravi. Alle griffen wieder nach den dünnen Schläuchen und setzten sie an ihre Handflächen. Chris zählte bis eins herunter und der Sog setzte ein. Es fühlte sich an, als würde ihre ganze Hand in die winzige Öffnung hineingequetscht.

Sie stöhnten und ächzten im Chor und es waren auch einige Flüche zu hören, die sie im Laufe ihrer Reise aufgeschnappt hatten. Als die zehn Sekunden vorüber waren, endete der Sog und die Schläuche fielen ab. Alle begannen sofort, sich die kreisrunde hellrote Stelle auf ihrer Handfläche zu reiben.

»Das war aber mehr als ein ziemlich starker Sog«, beschwerte sich Anna.

»Wirklich?«, fragte Chris. »Ich glaube, ich habe es noch nicht an richtigen Menschen getestet. Tut mir leid, wenn es unangenehm war.«

»Ist schon okay«, murmelte Anna.

»Ähm, Leute?« Siena deutete auf den runden Ball im Zentrum der Kugel. »Ist das unsere Haut?« In dem Ball, der eben noch leer gewesen war, wirbelten nun winzige Flocken, alle in verschiedenen Farben. Es sah aus wie Konfetti.

»Ja«, bestätigte Chris. »Die Kugel vervielfältigt und vergrößert die Hautzellen tausendfach. Für das siebte Element brauchen wir die DNA von Menschen, die nicht miteinander verwandt sind. Ihr acht seid ideal, weil ihr aus allen Teilen der Welt stammt. Das bedeutet, dass eure Erbinformationen sich deutlich voneinander unterscheiden werden.«

»Moment mal«, sagte Anna. »An der Mission sollten aber doch ursprünglich nur vier Menschen teilnehmen. Wenn Ike Phillips nicht uns vier ebenfalls in den Weltraum geschickt hätte und wir am Ende nicht zu euch rübergekommen wären, was hättest du dann gemacht?«

Chris seufzte. »Ehrlich gesagt, ich habe keine Ahnung. Ich dachte ja, ich hätte die ganze DNA, die ich brauche. Aber wenn ihr nicht auch in den Weltraum geflogen wärt, dann vermute ich, dass wir den Rest unseres Lebens auf Dargon verbracht hätten und auf eurem Planeten demnächst das Licht ausginge.«

Anna grinste. »Du sagst also im Grunde, dass die Erde ohne mich und Ravi und Siena und Niko gar nicht gerettet worden wäre?«

Chris lächelte – ein seltener Anblick.

Anna und Ravi klatschten ihre Handflächen gegeneinander.

Die Mitglieder der ursprünglichen Alpha-Mannschaft verdrehten die Augen. Selbst Dash stöhnte.

»Wenn ihr euch genug selbst dazu gratuliert habt, dass ihr euch doch noch in den Weltraum einschleichen konntet«, sagte Carly, »dann seht euch an, was hier passiert.« Sie deutete auf den Fuser. Der Behälter mit dem flüssigen Metall begann nun seinen Inhalt in das Rohr zu leiten, das in die Kugel führte. Mit dem Erscheinen jedes neuen Elements veränderte sich das Aussehen der Mischung radikal. Wenn sie zuerst an Konfetti

erinnert hatte, verwandelte sie sich in eine schwappende Flüssigkeit, die das Innere der Kugel überzog, und dann zu bunten Gummibällen, als die Nullkristalle hinzugefügt wurden. Als die Stachlersporen hinzukamen, zersprangen die Bälle und es formten sie neue, kleinere Kugeln. Der Pollenschleim färbte alles silbern. Zuletzt flog das Rapident-Pulver durch die Röhre und verwandelte die Quelle in einen schimmernden blauen Nebel. Dash verwendete seine ganze Energie darauf, die Augen offen zu halten und den Vorgang zu beobachten. Sein Gesicht schmerzte vor Anstrengung, aber er wollte nichts verpassen. Dies war der Augenblick, auf den die ganze Mission hingearbeitet hatte. Nach einer ganzen Minute verwandelte sich der schimmernde Nebel nicht mehr weiter.

»Ähm«, machte Gabriel. Er sah von Chris zu der Quelle und dann wieder zu Chris. »Ich weiß nicht genau, was ich erwartet habe, aber ich hätte ja gedacht, die Quelle würde anders aussehen, irgendwie, na ja, cooler.«

Die anderen murmelten zustimmend.

»Wartet mal ab«, sagte Chris.

Piper wurde allmählich kribbelig. »Wir haben keine Zeit zu warten. Denkt dran, dass…«

Aber sie brachte ihren Satz nicht zu Ende. Ein gleichmäßiges Brummen erfüllte den Raum, und nur Sekunden später flog der Deckel der Glaskugel auf. Der wabernde Nebel schoss in die Höhe. Die Voyagers legten ihre Köpfe in den Nacken, als der Nebel die Decke erreichte und sich in alle Richtungen ausdehnte. Eine Sekunde später regnete er auf sie herab. Es fühlte sich an, als fielen winzige Schneeflocken auf ihre nach oben gewandten Gesichter, ihre Schultern, ihre Arme. Sie schnappten überrascht nach Luft, wandten sich einander lachend zu.

Ein Aufschrei von Dash ließ sie herumwirbeln. Er war aus dem Stuhl aufgestanden, seine Augen leuchteten, er grinste von einem Ohr zum anderen. Aber er grinste nicht deswegen so, weil die Quelle ihm neue Energie verliehen hatte. Sie folgten seinem Blick auf die andere Seite des Raums, und da sahen sie es.

Piper saß nicht in ihrem Stuhl. Piper befand sich neben ihrem Stuhl. Und Piper tanzte.

»Na ja«, murmelte Chris vor sich hin, als alle Mitglieder der Mannschaft jubelnd zu Piper hinüberrannten. »Damit habe ich jetzt auch nicht gerechnet.«

Piper hielt die Arme ausgebreitet, sie
lachte und weinte gleichzeitig, während sie ihre Beine schleuderte, dann im Kreis herumwirbelte: Der Nebel legte sich wie
ein Schleier um sie. Sie drückte auf den Schalter an ihrem
Stuhl, und jetzt blitzten bunte Blinklichter durch den Nebel.
Nun fühlte es sich erst recht so an, als seien sie in einer ganz
anderen Welt gelandet. Tanzmusik plärrte aus den versteckten
Lautsprechern. Dash nahm Pipers Hände und sie bewegten
ihre Beine auf eine Weise, die einen Tanz darstellen sollte, aber
mehr so aussah, als müssten sie einer Ameisenstraße ausweichen. Es kümmerte sie nicht.

»Wie war das denn jetzt möglich?«, rief Siena Chris über die
Musik und das laute Brummen in der Luft hinweg zu. Alle sahen zu, wie Gabriel Dashs Platz einnahm, dann von Carly ab-
gelöst wurde und wie Dash dann zurückkam und mit ihnen
beiden tanzte.

»Die Quelle speist sich in das Energiesystem ein«, erklärte
Chris. »Der menschliche Körper ist ein Energiesystem. Und
denkt daran, ihr alle seid Teil der Quelle. Eure DNA hat zu ihrer
Herstellung beigetragen. Das ist eine sehr spezielle Verbindung.«

Anna rannte zu ihm herüber. »Geht sie jetzt nicht verloren? Dieses große Kugeldings ist schon fast leer!«

Chris schüttelte den Kopf. »Die Elemente brauchen Platz, um sich verbinden zu können. Deswegen befindet sich der Elementenfuser im größten Raum auf dem Schiff. Wenn die Kugel leer ist, zieht sich die Quelle zusammen und wird dann wieder ins Innere gesaugt.« Und nach einer kurzen Pause fügte er hinzu: »Solange niemand eine Tür zum Weltraum öffnet. Dann hätten wir ein Problem.«

Piper beendete ihren Tanz. Sie rannte los. Sie rannte an ihnen vorbei, ihr blondes Haar war wie ein heller Strich im Nebel. Die anderen rannten spielerisch hinter ihr her. Piper hatte geträumt, dass sie ihre Beine wieder benutzen könnte, und sie konnte sich immer noch daran erinnern, wie es vor ihrem Unfall gewesen war. Sie wollte nicht anhalten und Chris fragen, ob es jetzt so bleiben würde. Sie wusste, dass das nicht sein konnte. Die Quelle war sehr mächtig, aber bestimmt konnte sie ihr durchgetrenntes Rückenmark nicht wieder zusammenfügen.

Anna stupste Siena an und deutete auf die Kugel. Jetzt hatte sich der Vorgang umgekehrt. Der Nebel floss wieder nach innen, stieg vom Boden, aus den Ecken des Raums auf, aus ihren Haaren, ihren Kleidern. Das Brummen war deutlich leiser geworden.

»Wir sollten es ihnen sagen«, murmelte Siena. Anna nickte.

Chris beobachtete, wie die Mädchen zu Dash und Piper hinübergingen, sanft ihre Arme um sie legten und sie zurück zu ihren Stühlen führten. Er würde sie alle vermissen. Eine letzte Überraschung hatte er noch für sie, die ihnen bestimmt gefallen würde, aber die wollte er für den letzten Moment vor seiner Abreise aufheben.

Als der Nebel sich überall außer von der Decke gelöst hatte, kehrten Piper und Dash in ihre Stühle zurück. Piper schaltete die Musik und die Blinklichter aus. Dash streckte den Arm aus und drückte ihre Hand. »Es tut mir so leid«, sagte er.

Sie wusste, was er meinte, aber sie schüttelte den Kopf. »Ist schon in Ordnung. Wenn ich gehen könnte, dann dürfte ich ja nicht fliegen.« Mit diesen Worten hob sie ab und schwebte unter der Decke, bis das letzte Nebeltröpfchen in die Quellenmaschine zurückgekrochen war. Chris verschloss den Deckel und das Brummen brach ab.

Niko starrte ehrfürchtig auf die wabernde Energie, die den ganzen Raum ausgefüllt hatte und sich nun wieder in einen Behälter von der Größe eines Wasserballs zurückgezogen hatte.

»Und jetzt?«, fragte er.

»Jetzt fliegen wir alle nach Hause«, sagte Chris.

»Einfach so?«, fragte Ravi.

Chris lachte. »Es sei denn, ihr wollt zuerst noch durch eine andere Galaxie fliegen und sieben weitere Elemente einsammeln?«

Ravi hob abwehrend die Hände. »Nein, danke, Mann. Alles okay.«

»Geht jetzt alle hoch auf das Steuerdeck«, ordnete Chris an. »Ich kümmere mich darum, dass die Quelle ins System gelangt, und dann treffen wir uns oben.«

Er beobachtete, wie sie den Raum verließen, dann machte er sich an die Arbeit.

Die ZAHs hatten die Lieblings-Snacks aller Mannschaftsmitglieder aus den Lagerräumen geholt und sie auf dem Tisch ausgebreitet. Alle schlugen zu, als hätten sie seit einer Woche nichts gegessen. Dash gelang es, die Hand zum Mund zu bewegen. Carly hielt ihm die Tasse an die Lippen. Piper war sehr still, verloren in ihren eigenen Gedanken.

Monitore an allen Wänden des Raums leuchteten auf, und alle hörten auf zu kauen und sahen hin. Chris' Gesicht erschien auf den Bildschirmen. Zuerst konnten sie nicht erkennen, wo er sich befand, aber dann wurde es ihnen klar: Er war an Bord der Cloud Kitten und die Cloud Kitten schwebte im Weltraum!

»Ich vermute, du hast es nicht so mit dem langen Abschied«, meinte Carly.

Chris lächelte. »Ich dachte, es wäre so am besten. Ich bleibe hier, um sicherzugehen, dass die Quelle auch funktioniert, dann mache ich mich auf den Weg nach Flora. Und da ist noch was ...«

Die Tür zum Steuerdeck glitt zur Seite. Rocket kam hereingesprungen, er trug ein neues Glöckchen um den Hals.

»Rocket!«, rief Piper. Sie sauste zu dem Hund hinüber, beugte sich hinunter und legte ihre Arme um seinen Hals. Über die Schulter fragte sie: »Du nimmst ihn nicht mit?«

»Er ist ein Erdenhund«, sagte Chris. »Er gehört euch jetzt allen. Ich dachte, ihr könntet euch vielleicht abwechseln.«

»Wenn ich an der Reihe bin«, sagte Gabriel, »dann nehme ich ihm sofort dieses peinliche Glöckchen ab.«

»Das ist kein Glöckchen«, sagte Chris. »Das ist ein kleiner Behälter, in dem sich ein Videochip befindet. Ich möchte, dass ihr ihn Shawn übergebt, wenn ihr nach Hause kommt. Wir sind nie dazu gekommen, uns richtig voneinander zu verabschieden.« Seine Stimme wurde ein bisschen heiser. »Er war ein wunderbarer Freund. Ich hoffe, dass ich ihm auch ein guter Freund war.«

»Das warst du bestimmt«, sagte Carly. »Das konnten wir doch alle sehen.«

Chris' Augen wurden einen Moment lang glasig, dann

wurde sein Blick wieder klar. »Danke. Ich wünsche euch eine schnelle, sichere Reise.«

»Werden wir dich jemals wiedersehen?«, fragte Piper.

Chris zwinkerte. »Nicht, wenn ich euch zuerst entdecke.«

Alle lachten. »Jetzt endlich hat er einen Sinn für Humor«, stellte Gabriel fest.

»Los jetzt, Leute«, sagte Anna. »Es wird Zeit, dass wir nach Hause kommen. Dash sieht nicht besonders fit aus.«

Alle flitzten zu ihren Sitzen und schnallten sich an. Anna nahm den Sessel, in dem bislang Chris gesessen hatte. Es bestand eine stumme Übereinkunft darüber, dass sie diesmal diejenige war, die auf den Knopf drücken würde.

»Meint ihr, es tut weh?«, fragte Gabriel nur halb im Scherz.

»Ihr werdet gar nicht viel spüren«, versicherte Chris.

»Das hast du auch schon von der Quellenmaschine behauptet«, murmelte Anna.

»Seid ihr alle bereit?« Chris sah sich im Raum um.

Es war so eine einfache Frage, jeder von ihnen fühlte sich überrumpelt. Waren sie darauf vorbereitet, in nur einer Sekunde eine Distanz zu durchfliegen, für die sie auf dem Hinweg einen einjährigen Flug in Gammageschwindigkeit gebraucht hatten? Nein. Waren sie auf den Ruhm, die Aufmerksamkeit, die zu Hause auf sie warteten, vorbereitet? Nicht wirklich. Waren sie bereit, sich von den anderen zu trennen? Ganz bestimmt nicht.

Aber sie waren durchaus bereit für ein Wiedersehen mit ihren Familien, ihren Freunden zu Hause. Sie waren bereit, ihre Füße wieder auf festen Boden zu setzen und sie auch dort zu lassen. Und vor allem waren sie bereit, die Quelle zu übergeben.

Dash versuchte zu antworten, seinen letzten Befehl als Kapitän zu geben, aber seine Kehle war wie zugeschnürt.

Anna sah Dash an, dann jeden Einzelnen von ihnen. »Wir sind bereit«, sagte sie.

»Dann drück auf den roten Knopf«, sagte Chris. Er sah Dash an und hob die Hand zum Gruß. Dash hob einen zitternden Arm und grüßte zurück.

Anna drückte auf den Knopf.

»**Oha, das fühlt** sich merkwürdig an«, wollte Gabriel sagen. Aber noch bevor er den Satz ausgesprochen hatte, tauchten die blauen Ozeane der Erde vor dem Panoramafenster auf.

Den Voyagers blieb vor Überraschung der Mund offen stehen.

»Ist das jetzt echt?« Siena wagte kaum zu atmen. »Sind wir zu Hause?«

»Ich … ich glaube schon«, brachte Carly heraus.

»Wir befinden uns in der Atmosphäre der Erde«, verkündete Ravi. Er öffnete seine Gurte und alle folgten seinem Beispiel.

»Mann, diese Quelle hat es aber echt in sich«, stellte Niko kopfschüttelnd fest.

Dash holte tief Luft, dann noch einmal. Er konnte nicht glauben, dass er zurückgekommen war. Er konnte nicht glauben, dass er noch lebte. Wogen der Dankbarkeit überrollten ihn.

Piper sauste zu ihm herüber, Rocket folgte ihr unter Gebell. »Dash, wie fühlst du dich?«

»Mir geht's gut. Richtig, richtig gut.« Er atmete weiter tief ein und leckte sich die trockenen Lippen. »Danke, dass du dich so gut um mich gekümmert hast.«

»Na, das war doch meine Aufgabe«, sagte sie lächelnd. »Danke, dass du mit mir getanzt hast.«

Die anderen waren aufgesprungen, sie hüpften herum, lachten, klatschten sich ab. Piper und Dash beobachteten sie, dann lächelte Dash zurück. »Alles reine Routine«, sagte er zu Piper.

Der lange Bildschirm über dem Panoramafenster erwachte flackernd zum Leben und das Gesicht von Kommandant Phillips erschien. Es war tränenüberströmt.

»Ihr seid ... ihr seid alle ... Ich kann gar nicht .... und Dash, bist du ...«

»Schon gut, schon gut, jetzt bin ich dran«, mischte sich eine Mädchenstimme ein. Die Sprecherin schob Phillips außer Sichtweite. Dash erkannte das Gesicht seiner kleinen Schwester Abby. Er strahlte. Sie sah älter aus als im letzten Video, das er vor Monaten erhalten hatte, aber sie war zweifellos noch immer das gleiche temperamentvolle Mädchen.

»Dash, geht es dir gut? Wie war es denn? Habt ihr noch ein paar Außerirdische getroffen? Habt ihr denn jetzt die Welt gerettet? Hast du mir etwas mitgebracht? Hast du jetzt auch eine feste Freundin?«

Dash lachte. »Nein, keine feste Freundin. Aber Gabriel ist von einer Elfe geküsst worden.«

Carly warf Gabriel einen verständnislosen Blick zu, aber Gabriel grinste nur.

Kommandant Phillips tauchte wieder auf dem Bildschirm auf.

»Sind unsere Familien auch da?« Carly versuchte, dem Kommandanten über die Schulter zu spähen.

Er schüttelte den Kopf. »Da wir keinen Funkkontakt mehr

zu euch hatten, wussten wir nicht genau, wann ihr zurückkommt. Nur wegen Dashs Gesundheitszustand wohnen seine Mutter und seine Schwester seit einiger Zeit auf der Raumbasis. Bis heute Abend fliegen wir alle Familien ein – auch eure Familien, Anna, Siena, Ravi und Niko. Ihr habt für die Schaffung der Quelle eine wichtige Rolle gespielt, deswegen bekommt auch ihr das Preisgeld, das dem Alpha-Team versprochen worden ist.«

Die Omegas brachen in Jubel aus.

»Die Mannschaft wird sich über Fernsteuerung mit eurem Bordcomputer verbinden und die Cloud Leopard zurück zur Basis lenken«, fuhr Kommandant Phillips fort. »Sobald ihr angekommen seid, werden wir mit der Dekontamination beginnen, das heißt, die Luft, die durch die Ventile in euer Schiff strömt, ist so behandelt, dass alle Krankheitserreger oder Bakterien, die ihr euch vielleicht unterwegs eingefangen habt, zerstört werden.«

Niko sah ihn an. »Sie meinen, es hätte wenig Sinn, erst die Welt zu retten und dann alle Lebewesen auf der Erde mit irgendeinem merkwürdigen Virus umzubringen, den wir uns auf der anderen Seite der Galaxie eingefangen haben?«

»Na ja«, sagte Phillips. »So hätte ich selbst es jetzt nicht formuliert, aber ja.«

»Okay, in Ordnung. Das wollte ich nur wissen.«

»Es dauert nicht lang«, versprach Phillips. »Bis zum Morgen ist alles so weit, dass ihr euch der Welt stellen könnt. Meint ihr, ihr haltet es noch mal eine Nacht miteinander an Bord aus?«

Sie sahen einander an. Gabriel ließ seinen Blick über den Tisch wandern, auf den die ZRKs alle möglichen Leckereien aufgetragen hatten. »Es ist noch Popcorn da«, stellte er fest. »Leute, denkt ihr, was ich denke?«

»Kinoabend!«, riefen sie im Chor.

Die ZRKs hatten für ihre Rückkehr nagelneue Uniformen geschneidert. Sie waren nicht blau, sondern silbern, aber auf ihrer Brust prangte noch immer das holografische V für Voyagers. Um das V herum waren jetzt allerdings Symbole für jedes einzelne der sieben Elemente angebracht. Für das siebte Element hatten die ZRKs ein neues Symbol erfunden – es war ein O für Omegas, das mit dem A für Alphas verschlungen war. Carly hatte ihnen erklärt, dass Chris gesagt hatte, sie seien nun alle Teil der Quelle. Jedes Mal, wenn sie ihre Uniformen sahen, würden sie sich daran erinnern. Nicht, dass sie das jemals vergessen würden – oder irgendetwas, was geschehen war. Vermutlich würden sie nicht einmal die Dinge vergessen, an die sie lieber nicht mehr denken wollten.

Nachdem sie die neuen Uniformen übergezogen und ihre wenigen Habseligkeiten gepackt hatten (zum Beispiel die Erinnerungsstücke an verschiedene Stationen ihrer Reise), wollten sie sich alle vor der Frachtklappe der Andockbucht treffen. Ein letztes Mal würden sie nun von Bord der Cloud Leopard gehen. Carly und Gabriel waren zuerst fertig und sie warteten in der Andockbucht auf die anderen.

Sie lächelten einander verlegen zu. Nachdem sie nun ein Jahr zusammen verbracht hatten, konnten sie sich gar nicht vorstellen, dass sie sich nun trennen sollten. Eigentlich hätten sie einander so viel zu sagen gehabt, aber es war jetzt so schwierig, die richtigen Worte zu finden. Carly dachte an die erste Nacht, in der sie mit Gabriel auf Basis Zehn unterwegs gewesen war. Jene Nacht, in der sie entdeckt hatten, dass Shawn ihnen die Wahrheit hinter der Mission verheimlichte. Aber sie durfte sich nicht jetzt schon in Erinnerungen verlieren.

»Also« sagte Carly, »du hast eine Elfe geküsst?«

Gabriel grinste, dann verschränkte er die Arme hinter dem

Kopf und lehnte sich zurück. »Was auf Dargon geschah, mag auf Dargon bleiben.«

Carly lachte und schubste ihn spielerisch.

Niko und Siena trafen als Nächste ein, dahinter Ravi, STEAM und SUMI. Siena zeigte Niko die Drachenfotos auf ihrem Handgelenkcomputer.

»Das sind fantastische Bilder, Siena. Ich könnte dich küssen!«, rief Niko.

Siena wich schnell zurück. »Ähm – bitte nicht. Wie wär's, wenn ich dir die Fotos einfach auf dein MTB schicke?«

Niko grinste. »Perfekt.«

»Was habt ihr mit dem vielen Geld vor?«, fragte Ravi.

»Ich hoffe, wir kriegen es in Eindollarscheinen«, sagte Gabriel.

»Warum denn?«, wollte Siena wissen.

»Damit ich Regen machen kann!« Gabriel tat so, als werfe er Geldscheine in die Luft. Alle lachten.

Als Anna eintraf, schleppte sie mehr Gepäck mit als alle anderen. Die meisten Voyager hatten nur eine kleine Reisetasche mit persönlichen Dingen. Anna aber hatte drei.

»Was denn?«, fragte sie. Aber als die Mannschaft sie weiter sprachlos ansah, erklärte sie: »ZRKs brauchen keine zwanzig Flaschen Shampoo mit Lavendelduft. Ich wollte nur nicht, dass das Zeug schlecht wird.«

Genau in diesem Moment brummte Annas MTB. Sie senkte ihren Blick auf den Bildschirm und schüttelte den Kopf. »Tut mir leid, Ike Phillips. Ich weiß nicht, wie du auf diese Frequenz gekommen bist, aber du sollst für immer schweigen.« Sie drückte auf »Nicht annehmen« und grinste Carly zu.

Carly erwiderte ihr Grinsen. »Wo sind eigentlich Piper und Dash?«, fragte sie.

»Wir sind hier!«, rief Piper. Sie schwebte langsam neben Dash her, der ihre Reisetasche trug. »Es ist so gut, wieder zu Hause zu sein!« Sie grinste so breit, dass man von der anderen Raumseite aus ihre Grübchen sehen konnten.

»Ich glaube, uns geht es allen besser, jetzt wo wir wieder zu Hause sind«, sagte Ravi.

»Ja, schon, aber ihr werdet mir alle fehlen«, sagte Carly.

Gabriel legte seine Arme um ihre Schultern. »Mir auch.«

»Und wie«, schloss sich Niko an. Ravi und Siena nickten. Piper ergriff Dashs Hand.

Dann sahen alle auf Anna.

»Seht mich nicht so an. Ich kann es nicht erwarten, euch alle los zu sein«, sagte sie. Dann grinste sie. »War nur ein Witz. Letztendlich wart ihr doch alle schwer in Ordnung.«

»Meine Damen und Herren, ich glaube, Anna Turner hat gerade gesagt, dass sie uns gern hat«, verkündete Ravi.

Alle lachten. Sogar Anna.

»Seid ihr sicher, dass wir die Armbandcomputer behalten dürfen?«, fragte Siena.

»Mein Vater sagt immer, wenn du nicht fragst, kann auch niemand ablehnen«, sagte Anna.

Alle lachten. Dash wusste, dass sie die Computer behalten durften, wenn sie darum baten, aber es machte Spaß, so zu tun, als wäre es ein raffinierter Schachzug. Schließlich hatten sie sich lange Zeit nicht mehr wie Kinder gefühlt. Also sagte er: »Ja gut, aber im Moment bin ich mir ziemlich sicher, dass wir sogar die Cloud Leopard behalten dürften, wenn wir darum bitten würden.«

»Da fällt mir etwas ein«, sagte Gabriel. Er sah zur Decke und stieß einen Pfiff aus. Zwei ZRKs kamen heruntergeflogen und setzten sich auf seine Schultern.

»Im Ernst jetzt?«, fragte Piper.

Gabriel tat so, als würde er schmollen. »Hey, du darfst immerhin deinen Luftstuhl behalten. Da kann ich ja wohl auch was kriegen.«

Piper grinste. »Stimmt, das ist nur fair.«

Ein Kommunikationsbildschirm an der Wand flackerte, dann erschien noch einmal Shawns Gesicht.

»Guten Morgen, Voyagers«, sagte er.

»Guten Morgen«, antworteten sie.

»Wenn ich darum bitten würde, dass wir die Cloud Leopard behalten dürfen, würden sie Ja sagen?«, fragte Gabriel

Kommandant Phillips lachte. »Nein.«

Gabriel nickte. »War ja nur eine Frage.«

»Aber ihr könnt eure MTBs behalten«, sagte Phillips mit einem Zwinkern.

»Wenn Sie darauf bestehen«, sagte Piper mit unschuldigem Augenaufschlag.

»Nun gut«, sagte Phillips. »Seid ihr bereit für die Rückkehr nach Hause?«

Sie sahen einander an. Dies war nun der Augenblick, auf den sie alle gewartet hatten. Ihre Mission war beendet. Nun lag die Zukunft vor ihnen. Waren sie bereit?

Dash räusperte sich. »Dann machen wir doch mal wieder das Licht an, Kommandant Phillips.«

Shawn lächelte. »Alles klar. Dann ordne ich an, dass das Basispersonal die Docktore öffnet. Wir sehen uns gleich.«

»Dann war's das also jetzt.« Dash sah Carly an, seine Stellvertreterin, den besten ersten Offizier, den man sich als Kapitän wünschen konnte. Er sah Gabriel an und fragte sich, ob er jemals wieder jemandem begegnen würde, der so lustig und so begabt war. Und dann sah er Piper an. Piper drückte seine Hand.

»Ich glaube, wir sind so weit«, sagte sie. Sie streckte den Arm aus und nahm Gabriels Hand. Gabriel lächelte und nahm Carlys Hand.

Ihr Lächeln strahlte wie die Sonne, als die acht Voyagers vor die Docktore traten. Da draußen warteten ihre Familien, und außer ihnen die Reporter von mehreren Hundert Nachrichtenstationen. Riesige Bildschirme würden ihre Ankunft live an Fernseher und Computer in aller Welt übertragen.

Ein tiefes Grollen ertönte und sie waren sich nicht sicher, ob es von den Docktoren stammte, die sich jetzt zur Seite schoben, oder von den Tausenden von Zuschauern, die ihnen zuriefen und applaudierten. Das Licht der Erdensonne flutete herein, wärmte die Gesichter der Voyagers zum ersten Mal seit mehr als einem Jahr. Sie waren zu Hause.

Wendy Mass, geboren 1967, wuchs in Livingstone, New Jersey auf. Schon als Kind liebte sie Bücher, was sie – nach einigen Schreibkursen – zur Schriftstellerin machte. Heute lebt die mehrfach ausgezeichnete Jugendbuchautorin in New Jersey mit ihrem Mann, ihren Zwillingen und ihrer Katze.

Weitere Titel in dieser Reihe:

Peter Lerangis

Sieben Weltwunder – vier Freunde – ein atemberaubendes Abenteuer

Jack McKinley, seine Freunde Cass, Marco und Aly sind Nachfahren einer uralten Götter-Dynastie. Und sie besitzen sogar Superkräfte. Doch dieses Erbe bringt nicht nur ihr eigenes Leben, sondern die ganze Welt in Gefahr! Und nur die vier Freunde können sie noch retten. Es erwartet sie eine schier unlösbare Aufgabe: Sie müssen die antiken sieben Weltwunder finden und ihr Geheimnis lüften. So beginnt ein tödlicher Kampf mit Gegnern, die mächtiger und grauenvoller sind als alles, was Jack und seien Freunde sich jemals vorstellen konnten.

Der Koloss erwacht
Band 1, 384 Seiten,
ISBN 978-3-570-15846-3

Die Bestie von Babylon
Band 2, 416 Seiten,
ISBN 978-3-570-17076-2

Das Grabmal der Schatten
Band 3, 352 Seiten,
ISBN 978-3-570-17114-1

Der Fluch des Götterkönigs
Band 4, 336 Seiten,
ISBN 978-3-570-17115-8

Der letzte Kampf des Dämons
Band 5, 416 Seiten,
ISBN 978-3-570-17116-5

www.cbj-verlag.de

10325_5

Jan Andersen

DUSty

Als Paul eines Tages allein unterwegs ist, lauert ihm eine Bande auf.
Sie wollen sein Geld, und Paul weiß: Gegen die hat er keine Chance.
Doch da taucht plötzlich dieser völlig verwilderte Hund auf –
und schlägt die fünf Typen in die Flucht. Von dieser Minute an weicht
Dusty dem Jungen nicht mehr von der Seite.

Zwei Freunde, ein starkes Team – und jede Menge spannende Abenteuer!

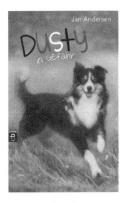

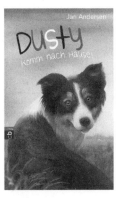

Dusty –
Freunde fürs Leben
Band 1, 208 Seiten,
ISBN 978-3-570-17139-4

Dusty
in Gefahr
Band 2, 208 Seiten,
ISBN 978-3-570-17339-8

Dusty –
Komm nach Hause!
Band 3, 192 Seiten,
ISBN 978-3-570-17414-2

10373_3

www.cbj-verlag.de